生活的诗意

熊永新◎著

人民日报出版社
北京

图书在版编目（CIP）数据

生活的诗意 / 熊永新著 . -- 北京 : 人民日报出版社 , 2024.7

ISBN 978-7-5115-8291-1

Ⅰ . ①生… Ⅱ . ①熊… Ⅲ . ①散文集－中国－当代 Ⅳ . ① I267

中国国家版本馆 CIP 数据核字（2024）第 098327 号

书　　名：生活的诗意
SHENGHUO DE SHIYI
作　　者：熊永新

出 版 人：刘华新
责任编辑：周海燕
装帧设计：元泰书装

出版发行：人民日报出版社
社　　址：北京金台西路 2 号
邮政编码：100733
发行热线：（010）65369509　65369512　65363531　65363528
邮购热线：（010）65369530　65363527
编辑热线：（010）65369518
网　　址：www.peopledailypress.com
经　　销：新华书店
印　　刷：三河市嘉科万达彩色印刷有限公司
法律顾问：北京科宇律师事务所　（010）83622312

开　　本：710mm × 1000mm　1/16
字　　数：205 千字
印　　张：15.75
版　　次：2025 年 1 月第 1 版
印　　次：2025 年 1 月第 1 次印刷

书　　号：ISBN 978-7-5115-8291-1
定　　价：78.00 元

序言

小人物在大时代
——为熊永新《生活的诗意》序

蒋　巍

一

也是缘分。刚刚写了一篇有关合肥巢湖的游记《巢湖之巢，谁在？》，一位友人就发来永新的散文集《生活的诗意》，期望我作个小序。在巢湖，我看到的是古老而又清新的风景，留下这样一些心绪。

“沉静，开阔，明亮，仿佛横亘在天地间的一面明镜，这就是巢湖千古以来的样子。有风徐来，抚摸着周边古村落、古牌坊、古寺庙的倒影，在清波中轻轻摇曳。岁月依偎在这里，像炊烟一样温馨；浪花回荡在这里，像时光一样久长。漫步穿过那些卖古玩、书画、瓷器的小巷，犹如走过唐宋元明清的街景，或与手摇纸扇的李白刚刚擦肩而过，或见‘人比黄花瘦’的李清照正在凭窗扶栏品茶，一切古香古色。”文尾处有这样的感慨：“如今，眺望波澜壮阔、风光如画的巢湖，千古风流人物还在，今天的仁人志士都在！”

此刻，打开这本《生活的诗意》，我又看到巢湖之畔的诗人、作家熊永新。他从庐江的绿水青山中走来，从风云变幻的时代深处走来，带着书中所写的执着而又质朴的人生，来到我面前，一种亲切感便油然而生。

二

同为“老三届”。同为下乡知青。同为当年油灯下的文学青年。同在鸡鸣狗吠中荷锄下地干到天黑。同样因为人生路上的迷茫而把文学当成梦想——要知道，那个时代根本没有稿费有时连稿纸也找不到。那时候我自己就有过瞅空儿钻进生产队或公社的机关偷稿纸的经历。熊永新也有在那个年代去学校图书馆“偷书”看的经历，足见他和我一样是爱书爱写之人，胸怀着文学的梦想。从书中也可以看到，“过年”，是永新家一年之中难得的几天好日子，因为能嗅到肉菜的香味，能穿上母亲做的新布鞋。然后就得下田了，把双腿插进稻田冰冷的泥水里，让绿色的渴望一天天成长。

如他如我，那一代知青作家都是这样逼出来拼出来的。我倒是有一点“小确幸”——在北大荒赶了半年马车。那可是让知青们羡慕嫉妒恨的好活啊！尤其谁家姑娘坐车上的时候，就感觉特别得意和荣光，所有苦难都抛之脑后，红缨鞭花甩得不可一世，啪啪响！我就是从那时开始写诗的。大概熊永新也是如此，于凄风苦雨中点亮了一星摇曳的烛灯。

那时我俩一南一北，他在蚊帐里，我在火炕上，可以说，那时的“文学梦”就是我们的“中国梦”。不管成就如何，那种坚持不懈的苦熬苦斗，就像农民兄弟坚持春种秋收一样，都是伟大的、难以忘怀的。

任何时代的进步，说到底就是人民用肩膀扛着，用双手推着，造就了今天的光荣和幸福。于今，熊永新结集推出他的《生活的诗意》，我愿为他写序，都出于一个动力：那就是我们共同经历过，共同苦熬过，共同奋斗过。我们不会忘记历史，历史也不应该忘记我们。所以本书应当出，就像高楼大厦不能缺少基石，我们就是基石，普通人物的故事就是基石。建设者的名字一般都刻在基石上，就像作家的名字要印在书的封面上。

三

读了《生活的诗意》，诗意便扑面而来。

从幼时到现今，熊永新经历过很多苦难、曲折和痛楚，当然也有成功的欢欣。但书中那些连绵的回忆写得从容而平静，文字成熟练达，如数家珍，娓娓道来，有一种深深的乡恋。犹如当年的生活还在身边，还在灯下，还在篱笆墙和机器轰鸣的车间。

作者深情描述的祖上前辈、乡土之情，老父亲留下的诗集和书法作品，老母亲一针一线纳成的鞋底，东汉末年三国时候当地群雄竞起的传说，还有曹操女儿打成的水井，美名传延千古的“二乔”，以及他当年在下放农村和做临时合同工时的各种遭遇和“待遇”，都令人放不下书卷。看得出，当年的熊永新有着怎样执着的文学情怀，甚至视一切艰难困苦都是“文学”。那时被下放农村，他做过宣传队队员，也在供销社工作过，逢年过节下乡服务是必须的。为此他为自己编过几句顺口溜：“围着草堆转，绕着池塘走。两餐农家饭，三杯粮食酒。”生活的诗意便从那时生发而出，弥漫成本书久远而温馨的记忆。而这个记忆只属于他——一个“小人物”，一个不为人知、不为社会所知、不为历史铭记的小知青。因为独特，因为独享，他就把自己写成了一个“典型”，那个苦难岁月的“典型”：在汗水里洗过三次，在泪水中洗过三次，在血水里洗过三次。

无论怎样波澜壮阔、气象万千的时代，记住百年未有的大变革、大变局是必须的。这样才能知道，我们从哪里来、向哪里去？但有熊永新写的这样一些“小人物”的经历，子孙后代才能记住，那艰难的历程是怎样一步步走过来的，并永远怀恩于怀，铭记在心。

是为序。

其意义在于，我们的一切奋斗和努力，其实都是子孙后代的序。

2024 年 9 月于上海

蒋巍简介：满族，享受国务院特殊津贴专家，中国文联“全国最美志愿者”。就职于中国作家协会，先后获全国第二、三、四届优秀报告文学奖，中宣部“五个一工程”奖，公安部金盾文学奖，第八届鲁迅文学奖等，出版作品 30 余部。

目 录

一、当年明月

二、读书为本

三、怡情对月弯

一、当年明月

老家的老人们

父亲忌日当天，我回乡下老家。在父亲的坟前祭拜时，帮忙照看我家祖墓的族侄言传过来招呼。虽说论辈分是我侄，但年龄可比我大。寒暄几句后，我塞给他一个红包。因为大把年纪的人，还在帮忙看守我家的祖坟，清除杂草、修剪树木、喷药除虫，还时常要留意不让放牛娃牵牛入内踩踏等等，也让他平时多出不少事。所以，除了每年年底给他一笔固定报酬外，平时只要我回到乡下见到他，总要给个一百二百的。

言传是个“老光棍”，好在现在老了身体还硬朗，不仅生活能自理，还种了几亩地。曾经有一段时间，他住进离村不远的乡敬老院，但住了一阵又跑回来。他自己说是待不惯：“里面的人经常吵嘴打架，不如在家自由自在。”而村里则有人说，是他弟媳不让他去养老院，要他在家帮着干活。因为他弟弟弄个农用车经常在外挣钱，侄子们又不在家，田里的活没人干。也不知到底是哪种原因让他不去敬老院，而是待在家和弟弟、弟媳一起生活。

言传的家在村庄里算是很穷的一户。我当年下放回老家时，他父母还都健在。他们家每年到青黄不接的季节，总是外出挖花菜（家乡的一种蔬菜，类似于雪里蕻）、挑野菜充饥。而到冬天，脱了单衣就是一件穿了多年的破棉袄，从没见他父亲和他兄弟仨穿过什么夹衣夹裤、毛衣毛裤的。后来他二弟言增当了兵。那时乡下人当上兵，真的是“一人当兵、全家光荣”。当了兵不仅自己有吃有穿有收入，家里也多了一份工分补贴。要是再能在部队入党提干，那就甭提多风光了！当然，当了兵的青年，不愁找不到对象，一听说哪村谁家有人当兵入伍了，媒婆不几天就会去帮着张罗介绍对象。家乡当年有句歌谣说：“吃菜要吃白菜心，嫁人要嫁解放军”。所以，言传这弟弟入伍时间不长，就有人给介绍了个对象。对象名字叫芳芝，五官端正，身体结实，人也很精干，就是皮肤比较黑。结婚几年后，有了孩子，言增也从部队退伍回来。一家人本来应该好好地活下去，但未过几年，言增不幸患病去世。那时候，芳芝还很年轻，不到四十岁吧。她当然还要再嫁。也不知是谁撮合的，更不知是芳芝自己的想法还是言传兄弟的意思，芳芝没有从这个家走出去，而是嫁给了老三，言增的小弟，也就是前小叔子。就这样，芳芝在他家的地位蒸蒸日上。到他们父母去世后，芳芝在家就完全是个当家人了。

言传虽是老大，但一则性格软弱，二则一个单身汉无处可去，只能跟弟弟家人一起生活，自然没有什么地位。正因为听说他们家的情况，芳芝强势，言传在家受约束，所以，我在给他钱时，说了句：“钱你自己留着零用，不要交给芳芝了！”不想听了这话，言传的眼圈红了，说：“芳芝已经走了。”我听了吃一惊，一询问，才知道他弟媳前不久刚去世，患的是肝癌。

要说这芳芝也算命苦，先头嫁个丈夫，年纪轻轻的就病逝，又嫁给小叔子。好不容易儿子养大也出息了，听说她儿子刚被提升为本县另一个镇的镇长，正待享福的时候，自己却去世了，也就六十多岁吧。他哥哥方余当年也是肝病，去世的时候更年轻。二十世纪七十年代，我们曾一起在一个叫百神庙的供销社工作过两年。看言传说到弟媳去世时哽咽的神态，那些说弟媳对他约束甚至欺负的传言恐怕不实。

说着说着，言传又告诉我，那个叫国满的族叔不久前也去世了。又让我吃了一惊。因为就在春节，除夕那天，我去敬老院慰问老人们，还坐在他的床前和他聊了好一会。虽然那时他身体虚弱，下床走动困难，但精神还是挺好的。

这位国满族叔也是苦命人，年轻时仪表堂堂，虽然家里很穷，但是勤劳肯干，找了个对象貌美如花，当年结婚时轰动全村。新娘姓宫，和我一位表叔同姓。不知当年是不是我那表叔给介绍的。不过好景不长，未过两年，那位族婶就离家出走，再也没有回来。国满也就和他弟弟国仓一样成为“光棍”，年老时都住进了敬老院。

说到我那姓宫的表叔也是穷困一生。年轻时曾到马鞍山当过工人，后被辞退回乡，不过因此能够结婚生子。只可惜人到中年就患病去世。我那表婶，也是本家的远房姑姑，为了能给儿子找个对象成家，省吃俭用，积攒了好几年，盖起了村里第一幢两层小楼。尽管此后好多年那楼房外墙都没有粉刷，但终于让儿子结了婚，后来也有了孙子。最近听说，表叔家那儿子患了癌症，但愿他能逃过这一劫。

我老家的村庄那时真穷，村里找不到对象的“光棍”太多。也难怪，一个工分值只有九分钱的地方，外村谁家姑娘愿意嫁进来？就像言传家，若不是二弟言增当了兵，芳芝也不会嫁过来，也更不会有后面三弟的事，那他兄弟三人就都会是“光棍”了。

村里还有我一位房下大哥，名叫永山，当年也是因为当兵，娶了媳妇成了家。他在部队入了党，复员回乡后，在大队当了民兵营长，在村里也算是头面人物了。不过也是命差，一个儿子后来在外出事死了，他伤心好多年。

那时村里小伙子想找个对象，除了当兵，还有一种办法，就是“换亲”。所谓“换亲”，就是你家有兄妹（或姐弟）两人，找一家也有兄妹（或姐弟）两人的家庭，将姐或妹嫁给人家的哥或弟，换那人家的姐或妹嫁到你家来。我老家村庄有个姓赵的人家，就是拿女儿嫁给人家的儿子，换那家人的女儿过来做儿媳的。

和言传正说着话，他二叔来了。言传的二叔，我称作二哥，名叫永财。他们老兄弟三人，言传的父亲永友是老大，还有个老三叫永厚。永厚也是个老光棍。永财年轻时娶了个盲人对象，但对象很早就去世了。永财就一个人生活了半辈子，老了和老三一道住进了敬老院。永财小时候曾经和我父亲，还有我的一位族叔祖一道读过书。他们三位三个辈分，年龄也是各差一岁。同样是我父亲居中，我那族叔祖长一辈也大一岁，而永财则比我父亲低一辈也小一岁。但是我父亲十几年前就先他们而逝，几年前，我那族叔祖也去世了，只有这位永财二哥如今八十多岁身体还挺好的。前几年有时见到他，还在挑着担子干农活呢！

因为敬老院紧邻村子，本村住在那里的老人们没事就走回去看看。虽然家徒四壁，有的家老房子都快要倒了，但老人们还是很留恋。那是他们这辈子唯一的“家”啊！虽然很穷，虽然好多只是一个人大半辈子在那生活的地方。永财就是刚回“家”望了一眼，听到我们在这边放鞭炮、烧纸钱，走过来看看。聊了一会，我掏点钱给他，他说：“不要了，你春节时给的红包还没用呢。也不需要买什么。现在党的政策好，让我们老了还有地方住、有饭吃。不然早就死了！”说着，叹了一口气：“可惜年纪大了，享不了多少福。要是年轻个十年二十年多好呀！”听他说这话，我的眼睛有点湿润。跟他告别后，我坐上车离开。车行不远，我回头朝车窗后看去，永财二哥正缓步在田埂上向敬老院走去。

看着他的背影，我想起一首诗：

老人蹒跚的步履
在一条弯弯曲曲的小道上行进着
一步接着一步 / 没有停顿……
周围的野花都谢了
夕阳在我的眼中慢慢褪着颜色
感受着生命的淡出……

2018.8.8

月饼的概念与思念

近期股市上出现一个新名词："月饼概念股"。所谓"月饼概念股"，就是指涉及月饼生产、销售、原材料供应、包装材料等相关上市公司，在中秋节庆时期，其股价的涨跌走势。这属于证券市场新出现的一个概念，也是中秋、国庆消费中的一个衍生分支。据说涉及的股票有三十多只，不过真正是月饼生产的个股仅有三家。可见炒作的空间并不大，机构和游资更多是以消费作为切入点，而非月饼本身。

说到月饼，这几年的市场销售一路滑落，尤其是几年前的天价月饼早已成明日黄花。这与送礼有些关系，想收的不敢收了，想送的自然也不能送了。以前作为单位发福利的月饼，现在也大为减少。所以报载今年的月饼是向中低价、亲民化方向发展。据说，在天猫和京东上排名前十的月饼，价位只在 70 元到 298 元之间。至于那些不知名品牌的月饼价格，可想而知一定是更低了。

天价月饼是不见了，价格也回归理性，但花样品种越来越多。去超市挑选的人大多都会眼花缭乱，不知如何挑选。仅仅是看生产的厂家，就让人头晕。现在不仅传统月饼生产企业和食品生产厂家做月饼，各大酒店尤其是五星级酒店，无一不加工月饼，连星巴克、哈根达斯甚至周黑鸭这些本来与月饼毫不相干的企业，也都生产起月饼来。甚至像北大、浙大这些象牙塔里，也加工生产，说是食堂自制，发给教职工和学生的。结果让社会上有些人找关系、托人情，买这些名校的宝贝月饼，好让家里孩子吃了沾沾喜气，期盼将来能考上这些著名学府。

看到这些有关月饼的新闻，我并没有想去炒什么月饼概念股，连买什么月饼都没有兴趣，倒是忽然思念起几十年前过中秋时吃月饼的事来。

那时的月饼是真叫便宜，也真觉得好吃。五分钱一个的月饼，红糖芝麻心的，那个甜哟，真是馋死人！记得二十世纪七十年代中期，我在家乡的区供销社上班，供销社有个食品厂，每年中秋节前个把月时间就开始生产加工月饼。而每到这时，我们办公室几个好吃佬，今天陪同书记明天陪同主任，去食品厂“检查工作”。一到那儿就直接下车间，“与第一线生产工人打成一片”。自然少不了要“鉴定”月饼质量。那刚出炉、热乎乎的月饼，就像古诗里所说“一样饼师新制得，火烘罗罗出斧齐”，看着就馋得流口水。为了保证“质量检查无死角”，每个馅的月饼我们都要尝一个，一个圈绕过来，检查鉴定结束，肚子也撑得慌，赶紧到厂长办公室去“总结指导”。三杯两盏浓茶后，在领导装腔作势地作指示、我们装模作样地记笔记中，圆满结束月饼生产质量的检查工作。

当然，也有不好吃的月饼。三弟当年有段时间与几位朋友在合肥合办了一个食品加工厂，平时加工蛋糕类食品，中秋节时也加工月饼。苏东坡说吃月饼的感觉是“小饼如嚼月，中有酥与饴”，而我们吃三弟做的月饼则是吃饼如啃石，担心牙齿落。虽然父亲吃他三儿子亲手做的月饼很高兴，但我和二弟等家人则笑言：硬得可以当砖头使，晚上若家里来小偷，大可派上用场。一下扔到小偷头上，管叫他有来无回。

到了九十年代初，小弟在广东，到中秋时带回一两盒香港月饼。那时可是稀罕，父亲收到后，赶紧藏起来，只在中秋晚上赏月时拿出一个月饼，横三刀竖两刀，分切成十几下，每人一丁点“尝个新”。剩下几个留着，遇到亲朋好友来我家，父亲再拿出来一个，又是横三刀竖两刀的，分切给客人，炫耀炫耀。

后来的中秋节，月饼就不再是稀罕物了。什么苏式的、粤式的，甜的、咸的，双黄的、五仁的，酥脆的、冰皮的，应有尽有。但大家反而觉得越来越不好吃了。

至今让我怀念的，还是当年的月饼。不论是供销社食品厂那现烤的月饼，三弟做的那“砖头”一样硬的月饼，还是小弟带回来让父亲分切成指头般大小的月饼。

2018.9.21

杂木记忆

“山竹”过后，市内一片狼藉。园林环卫人员辛苦了好多天，仍然有许多地方折断的树木堆放在路边等待清运。

早上与老伴散步，看到许多被截成一段段的杂木堆在山坡草地上，让我们忽然生出一些感慨来。

老伴说，这么多这样粗的树木，要在当年早就被人拿回家去，打个衣橱、做个书桌什么的，还能让它烂在这里或拖到垃圾场去？

记得二十世纪八十年代初，我调到县城供销社上班，家里除了单位给的一张旧木床，什么家具也没有。当年城里也没有什么家具店，不过真要有也买不起。要知我那时月工资只有四十三块五，老伴月工资二十几元，加在一起还不到七十元，只能勉强够一家四口的吃喝和儿女上学费用，哪有余钱买家具？

县供销社当时刚建一栋四层办公楼，我去一两年后才建成。基建过程中，门窗和搭脚手架、工棚、围栏等需要木材。木工在施工时，有些细的、短的、不合用的小木棍、短木板会弃放一旁，堆在那等待处理。

我们有时就去里面翻找，觉得能派上用场的，就在下班时顺手拿回家。当然得经过基建管理人员同意。好在当年管基建的几位同事关系都不错，他们也是睁一眼闭一眼地放行，让我先后拿了好几捆杂木和短木板，给家里打了几个小床、小桌、小凳，使孩子们有地方睡觉和写作业。

当时单位的其他同事也一样，遇到机会就拣几根木棍木板拿回去存放，凑够打家具的材料就找个木工去做个柜打个橱什么的。有时去同事家吃饭，看到藏在桌底、床底下的一堆堆杂木，那心情真叫“羡慕妒忌恨”哟！

供销社的大楼基建结束时，还剩下不少杂木。当时供销社的一把手听取大家意见，考虑到机关许多干部连像样的床都没有一张，就通过主任办公会议决定，用剩余的木材给大家每人加工一张床。做的床是所谓“高低床”，即一头床板高点，一头床板低点。那时有个好听的名字，叫“法式床”。不过真正法国人睡的床可不像这样只是两头两块硬板、中间几根木条那么简陋。但当年能分到这样的床，大家还是充满期待，兴奋不已。

不过还未等到床分配好，麻烦事来了。因为当时县供销社领导班子内部有矛盾，一位副主任向县里有关领导汇报，说主任将大楼基建材料挪用打造高档法式床给职工当福利。结果，县里有关部门（那时好像还没有纪委）派人来县供销社调查。为此事，主任被迫多次做检讨。因为我那时当秘书，这书面检讨，自然都是我执笔了。就这样，“法式床”没分到，检查我可没少写。

想到此，不禁感叹今天那些满地堆放的杂木无人问津，更感叹时代发生的重大变化。

2018.10.8

元宵的灯

今天是正月十五元宵节，老天不作美，傍晚时候细雨霏霏。所谓“有灯无月不娱人，有月无灯不算春。”这样的天气自然让人有些遗憾。不过乡下的四合院，挂起了不同的灯笼和彩灯，虽然没有“千门开锁万灯明，正月中旬动帝京”的壮观，却也让这个元宵节多了些节日气氛。

元宵节也称为灯节。记得多年前我在县城供销社上班，好几个元宵节，都有乡下数十支玩灯的队伍涌向县城，什么龙灯、狮子灯、鲤鱼跳龙门灯、走马转花灯等等，五花八门。当然踩高跷、划旱船也是少不了的。有次玩龙灯，玩到供销社的办公楼上。一层一层地玩，拥挤的人群挤得楼梯、楼道水泄不通。那个热闹劲多少年都让我忘不了。

现在在乡下也很难见到元宵节玩灯的了。只有一些旅游景点还保留着这些年俗活动。好几年前去丽江，正好是正月十五，大研镇晚上就玩灯。不过那个龙灯与我们家乡的龙灯不一样。但是人山人海的节日热闹气氛是相同的。

说到元宵节玩灯，恰好前几天看《沈从文的前半生》，沈从文有一篇谈灯的著名文章《灯节的灯》。文中谈到他家乡湘西元宵节玩灯的习俗，描述玩灯的多姿多彩，观灯的如痴如醉，实在是吸引人。

有关元宵玩灯的文章很多。不仅古诗词中有许多，近现代的许多名人，如老舍、冰心、汪曾祺等，都有文章描述各自家乡元宵节玩灯的活动，各位读者有时间不妨去翻看一下。

当然，元宵的灯离不了灯谜。据说我国最早的灯联出现在北宋时期。后来变成奸相的贾似道，早年镇守淮阴（今扬州）时，有一年上元灯节张灯，门客中有人摘唐诗诗句作门灯联："天下三分明月夜，扬州十里小红楼。"此后历代争相效仿，猜灯谜不仅为元宵佳节增添了节日情趣，也为赏灯的人们增加了欣赏的内容。

这不，央视元宵晚会正进入"灯谜互动"节目，赶快搁笔，与大家一起去猜灯谜吧！

2019.2.19

年货

——艰辛的往事与难忘的记忆

每年从“腊八”开始，“打年货”的全民运动就开始了。到了年前十来天，打年货、送年货、收年货的忙碌就如同农忙时的“双抢”。所以家乡有句土话：“腊月人人赛马跑”。这两天我们老两口在家就多了不少事：要去商场置办儿孙回来的用品，要到天猫上淘食品、窗花、对联等年货，要收取弟弟们和儿子从外地带来或寄来的诸如牛羊猪肉、大米红枣、腊肉香肠、蔬菜水果等等。甚至还有老母亲从乡下送来的鸡呀鸭呀糯米粑粑呀米面呀，弄得家里像开饭店一样，冰箱、冰柜塞得满满的，阳台上也是大一堆小一堆。既让老伴成天忙得不亦乐乎，累得腰酸背痛，也让我心里“怎一个愁字了得”：吃剩货的“苦”日子又来了。

说句“正能量”的话，现在确实赶上了好时代，过上了好日子。过年时才会有这么多年货、这么丰富的生活。想想改革开放前那个年代，过年和平时一样，谁家有钱去打年货？而且什么商品都短缺，也没有多少年货可打。

记得“文革”时期，有年过春节，父亲找在食品站工作的一位姓王的朋友弄了张猪油票，清早天未亮就让我去食品站门口排队买猪油。记得那张猪油票还是“化油”的票，不是“板油”的票。所谓“化油”，就是猪油中零碎、不结成块的油，能炼出的油量很少。而“板油”则是一整块的，出油量多。就是这化油票，一般人也得不到。还是那位王叔与父亲有点交情才给了一张。所以父亲叮嘱我一定早早去排队买到手，否则过年家里没有猪油吃。那时一年到头，只有粮油本上供应的一点菜油。偶尔买点肥猪肉回来炼点油就算“开荤”了。

也是这个时节，“三九”“四九”的时候，清晨四五点，我穿着一件土布衬衫，加一件纱线织的“纱褂子”，外套一件旧棉袄（我在二十岁前未穿过什么棉毛衫裤，更没有毛衣），顶着刺骨的寒风，在食品站前的大街上排了一个多小时的队，终于买到一斤“化油”。总算置办了那年月家里过年最重要的一件年货。

那时什么都要票，过年能弄个猪心肺、猪大肠什么的，那就是“肥年”了。所以能搞到猪油，一家人都开心得很。虽然只有一斤“化油”，但买回家既能炼出油，用来烧萝卜、豆腐和炒青菜，炼过的猪油渣又可烧咸菜或蒸豆腐渣。偶尔父母心情好的时候，还能拿刚炼完油的热油渣拌点白糖或红糖，让兄弟姐妹们吃。那就足以让大家兴奋一天了！回忆当年吃那“白糖拌油渣”的感觉，比现在吃鲍鱼海参还要好出多少倍呢！

后来到七十年代初，我到供销社上班。那时紧俏商品大多由供销社供应，所以过年时，火柴、红糖、煤油、香烟自然都会搞到，最重要的年货，是用塑料桶灌几斤散装酒带回家。当然那时去食品站搞点猪油、猪头肉也容易了，因为食品站的人也要找供销社买其他东西，两家自然是互通有无。每到腊月二十几，我带着这些年货回家，父母迎到门口，笑逐颜开。

再到八十年代初，二弟到省城外贸公司上班，过年时单位分点东西，二弟用蛇皮袋装着猪肉什么的带回家，甭提父母多高兴了。

不过那个年代的年货，最主要的还是自家加工的东西。后来多少年一到腊月，家里忙的年货，就是腌腊味，腌咸鸭、咸鱼、咸肉，灌香肠。还有“封肉”和“封鸡”。所谓“封肉”“封鸡”，就是用自配的酱料（蚕豆酱加姜蒜末、黄酒、盐等汇合而成），涂抹在肉或鸡上，待吸入味风干一段时间后，过年时拿出来蒸食。记得我的大舅妈，做“封鸡”特拿手，每年到腊月总要做几只封鸡送过来。她老人家离开以后，好像那“封鸡”也远离春节而去。

还有蒸糯米粑粑和阳米面也必不可少。家乡的糯米粑粑实际就是年糕，只是做成圆形球一样，不似年糕那般长条状。而“阳米面”，则近似广东的肠粉，用米面蒸出来再晒干的。每到年跟前，母亲总会忙着蒸粑粑、做阳米面，那是家里年货不可或缺的东西。

除了这些吃的，还有穿的也是年底需要办的。新年要穿新衣，尤其是小孩，当然是“年货”中必备物品。二十世纪六十年代，过年基本上少有新衣，但一双新鞋是肯定有的。远在腊月到来前，母亲还有外婆（有几年外婆常住我家）就开始“纳鞋底”，一层层的布，一针针地穿线，做好后再缝鞋帮。到腊月时，一家大小每人一双新布鞋都做好了。但要等到三十晚上吃年夜饭时，母亲才拿出来，各配上一双新袜子发给大家。

记得那新鞋刚穿时特别紧，很难穿。尤其是小孩，得要大人帮着使劲拔，有时还用鞋拔子才拔得上脚。不过弟妹们拿到新鞋都兴奋不已。

等我到供销社上班时，有两年卖布。那时购买布得凭布票，但每匹布卖到最后剩下不到五寸宽的布头，则不要布票。我们售货员近水楼台先得月，当然自己可以优先将零头布买下来。所以每年弄了不少这类零头布带回家，让母亲拼着做衣服。但那大多只能做短裤之类。

还有一个“以权谋私”的路子，就是卖的每件布外面有包装，是用一块劣质的土布包着。我们称那叫“包皮布”。包皮布也销售，不过不要布票。当时八角钱一块。我就常搜集一些包皮布年前送回家。母亲将长的、大的拼做床单、被套，稍小点用来做衣服。如果染上颜色，黑色或者蓝色，就做外套，未染色就做衬衣。因为父母当时在缝纫印刷社上班，所以很容易加工衣服，就这样让家人过年都能穿上新衣服。

后来我又到生产资料门市部卖化肥农药。曾经有一段时间，供销社调进日本进口的尿素。装尿素的包装袋是塑料纤维材料的，有人就用它做衣服。除了整包出售，遇到有十斤、二十斤零买的，就拆开包装销售，这样等一包尿素卖完，袋子就可以自己留下来。到了年底，我就将留存的尿素袋带回家，让母亲染一下给家人做衣服。不过当年家里土法染布，尿素袋做的服装穿在身上，阳光照射时仍然可以看到袋子上原来印的字。

现在到过年，衣服多得不得了。前天我还在说老伴:“儿媳买、女儿买、自己买、亲友买，从深圳买到合肥，从商场买到网上，家里衣柜都没地方放。你究竟要多少衣服才能过年？”老伴回呛：“你呢？她们给你买的过年衣服还少？”

看看现在，想想当年，真是“天翻地覆慨而慷”。不过，现在每年春节那数不清的年货，真正在几年或几十年后，让人记住的有多少呢？恐怕能够长留心底的，还是那艰辛岁月里难以释怀的年货、难以磨灭的亲情、难以忘却的时光吧！

2019.1.23

秋前三天扫战场

日前写首小诗《那年的夏天》，其中有句“秋前三天扫战场”，有年轻读者问我是什么意思。

也是，今天的年轻人听到这句话，肯定一头雾水。因为这句话的时代特色太浓，它只属于我们年轻的时候。

当年还是“三级所有，队为基础”的“人民公社”时代，农民没有生产自主权，没有自留地，当然更没有什么包产到户。农业生产全部由社队统一安排。田里种什么庄稼、什么时候种，甚至怎么种，农民（那时称社员）都做不了主，统统由公社、生产大队和生产队决定。

每年到“双抢”季节，从县到公社，再到大队、生产队，层层开会布置，哪天开始“双抢”，哪天结束，都统一确定下来。所谓“秋前三天扫战场”，就是在立秋前三天，必须完成“双抢”任务，“打扫战场”。一般立秋时间都在八月初，所以正是现在这个时候，就是“双抢”最紧张时刻。

当年每到“双抢”，农村村庄田头总是红旗飘飘，标语处处。“拼死拼活战双抢，秋前三天扫战场”的标语口号随处可见。村口广播大喇叭里唱着革命歌曲，专栏墙上画出双抢专栏，气氛如同高温般热烈。不过双抢时的劳累却是让人如同战场杀伐般难以忍受。

白居易写的《观刈麦》：“妇姑荷箪食，童稚携壶浆。相随饷田去，丁壮在南冈。足蒸暑土气，背灼炎天光，力尽不知热，但惜夏日长。”拿来形容当年的双抢倒是很形象。不过妇女也得参加“双抢”劳动，“男女都一样”，“村姑”可没有时间“荷箪食”去送饭。连“童稚”——中小学生，都得组织下乡参加“双抢”。我小学时有一年参加学校组织的下乡割稻，一不小心割破了左手小手指，留下残疤，小手指至今还伸不直。

“双抢”时正值酷暑，烈日炎炎下，在稻田里手拿镰刀一刀一刀地割稻，半人高的稻田密不透风，又闷又热，还有稻叶刺身、虫叮蚊咬，那汗湿全身、腰酸背痛的感觉真的让人难受万分。栽秧时虽站在水田内，但浅浅的水层让太阳晒得几乎烫脚，还有不时爬到脚上腿上吸你血的蚂蟥，简直让人苦不堪言。当时有句顺口溜笑言，这时去田埂下拉个粑粑就是最好的“歇凉”：“打谷栽禾收种忙，面朝泥水背朝阳。出恭片刻田埂下，汗湿通身当歇凉。”

如今的农村，当然也有秋收秋种，但已与当年的“双抢”完全不同。一则农民有生产自主权，种什么、怎么种、何时种、何时收，都是自己决定，没有谁规定要“秋前三天扫战场”。另外，插秧用插秧机，割稻用收割机，什么翻田、脱谷都机械化了，不需要用手工插秧、用镰刀割稻、拉着牛犁田耙田、用石磙摔打脱谷了。农民的劳动强度大为降低，再不需要装着“出恭当歇凉”。

所以，现在的年轻人不知道“秋前三天扫战场”，实在是时代的进步，值得庆幸。当然，“秋前三天扫战场”这句口号，也值得经历过那个年代的人回味。

2019.7.28

八一的思绪

今天是八一建军节。我不是军人，没有当过兵，但今天依然有感怀和思绪。不过，感怀的是往事，是当年一个未圆的梦，思绪的是小人物在大时代的小故事。

那是二十世纪六十年代末，我作为一名“知青”下放农村，回到祖辈生活过的地方，与在那里的爷爷和叔叔一起生活，参加农业劳动。

那时到农村插队的知青，不知道以后还有招工、提干的机会，只以为这辈子就扎根农村了。经历一段时间的艰苦劳动和艰辛生活，感觉到身体和精神都不堪负担，但出路在哪？好像没人知道。

到了年底，冬季征兵开始了。如同乌云中开了一道缝，一缕阳光照进心底。那年月“一人当兵，全家光荣”的宣传深入人心，加上从小对解放军的崇拜，让当时的青年一提起“当兵入伍”就热血沸腾。所以我迫不及待地到生产大队报名。

我下放所在的生产大队，基本上多是同姓的宗家。大队书记是宗家远房的一位大伯，大队民兵营长更是同一个生产队的远房大哥。况且我下放以后一直表现不错，前不久刚被选为“上山下乡知识青年活学活用毛主席著作积极分子”去参加地区（市）的表彰大会。所以，我在心里觉得自己去报名参军会非常简单，除非体检不合格。

报名填表，通过生产队、大队、公社政审，我顺利地去参加体检。一串检查下来，身体合格。那时的我，充满憧憬，想象着即将在“人民解放军的大学校”里生活，真是乐不可言。

那时没有恢复高考，也没有工厂招工，农村青年（包括下放知青）的唯一出路就是当兵。一旦能参军入伍，不但个人能在部队上有机会入党提干，即使以后退伍也能到地方上安排工作，而且家庭的社会地位大为提高，作为军属可以享受各种优待，有军属补助，有逢年过节的慰问品，生产队还给当兵的人额外另记一份工分值。所以，每到征兵季节，农村各地都是挤破头地去报名应征，真正是人满为患。而每个公社、生产大队都要向上面争取征兵名额，有时为多争一个名额都吵得不可开交。

当时我也考虑到应征入伍的难度，知道无数人在争取那难得的名额。所以也去找宗家书记大伯和营长大哥。甚至让父亲去公社找他认识的一位公社书记。找的每一位都说：好！好！知道，知道。你放心吧！

那一段时间，就是在各种询问和求助中穿梭，在期待和焦虑中等待。

直到看到同一个大队有人接到“报喜”的通知书，才感到大事不妙。赶忙跑去问宗家书记大伯、营长大哥，他们说“去公社问问”。后来有大队干部对我说：“你是政审出了点问题。有人说你二爷爷解放前当过‘保干事’。”所谓“保干事”就是保长手下的“干事”、办事员。不过这个“伪”职位好像在新中国成立后历次追查、批斗所牵连的“伪官员”黑名单上从来未听说过。也有人说：好像说你父亲当过街道工商联主任，属于“统战对象”，影响到你。真是越听越糊涂，要说工商联是做统战工作的还差不多，怎么就变成“统战对象”了？

为此，我跑到公社，找到那位和父亲熟识的书记，去问个究竟。那位书记说：这次征兵名额太少，你们大队报名应征又体检合格的人太多，好几个人去年就体检合格未走掉，加上你家经济条件还不那么差，父母在街道上都拿工资，所以公社、大队考虑还是将名额让给其他家庭更困难的人走吧。你下放后表现不错，好好干，以后机会多的是。

就这样，到现在我也不知到底是什么原因，那年的当兵入伍梦碎。几年后，我被抽调到区武装部帮助搞征兵工作，有次想起当年事，就问区武装部的赵部长：你觉得当年征兵未让我走主要原因应该是什么？他说，就是当年想当兵的太多，社、队摆不平。肯定先让关系硬的人家走。没有什么别的原因。

后来一到八一这天，我就会想起当年当兵不成的事。有时和老伴开玩笑：要是当年我当兵入伍，起码会弄个营长、团长干干，那就没有你的事了。老伴说：你要真当了兵，大概就是当两年小兵，复员后找不到工作，天天去上访，被人抓起来去吃“八大两”。

哈哈！一切皆有可能。不过无论如何，若是当年当了兵，到今天这个日子，肯定会在朋友圈里发几张穿军装的美照，炫耀一下当年的军营生活，再找几个战友去饭店好好搓一顿。绝不会在这儿愁眉苦脸地回忆当年的窝囊事。

2019.8.1

月是故乡明，情是亲情深

今天是中秋节，所谓“月是故乡明”“每逢佳节倍思亲”。恰好今晨，拙作小诗《故园》在《诗刊》微刊平台上发表。

《故园》是多年前，也就是在这个最容易感怀的秋风落叶时节、最让人思乡的月圆时分，正好遇到最让人揪心的居住几十年的老房拆迁时刻，写下的一首小诗。

因为在那个小院里，“多少年亲情缠绵、多少年魂绕梦牵”的生活，尤其是逢年过节时，一大家人在那里欢聚的场景，永远让我难忘。

我在另一篇文章《月是故乡明》中曾有过这样的描写：

“当年父亲还健在，每到中秋，兄弟子侄一大家人聚在一起，家中小院里的桂花树花开正欢，香气四溢。待到圆月初上，桂花树下，一家人围坐石桌边，听父亲谈古论今。嫦娥奔月、吴刚伐桂的故事，自然年年此时少不了对小孩们讲述。‘明月几时有，把酒问青天’等诗句，也是三杯两盏后，父亲必须吟诵的‘保留剧目’。而重头戏的赏月，必等月上柳梢头后，沏一壶好茶，摆几碟月饼、菱角、石榴之类的糕点水果，一家人热热闹闹吃着、喝着、笑着、聊着。孩子们坐不住板凳，一边吃一边玩，或互相打闹，或逗那只老犬，在小院子里你追我赶。等到月满天街夜凉如洗时，父母和孩子都去休息了，兄弟们还在那高谈阔论，必至夜半方休。

那时的月亮好像比现在大，也比现在圆，比现在亮。夜晚的天空，星光灿烂，银河可见。月亮里也能看到吴刚伐桂的影子，不至于让孩子们听大人讲嫦娥奔月的故事时失去联想。而院里的桂花树，也让中秋赏月多了几分意境。每当圆月挂到桂花树梢时，月光就格外明亮。月色透过花影，星星点点地飘洒在院墙的琉璃瓦上，斑驳陆离。偶尔再来一阵秋风，更抖落满园清晖。现在回想起来，真应了那句诗：‘绝景良时难再并，他年此日应惆怅’！”

读到上面所引的文章，读者大概更能理解我为何要写《故园》这首诗和诗中的内容了。虽然诗写得不好，却是真情的流露。

我曾与老友笑侃，这篇《故园》，连同另外两首小诗：《故土》和《故乡》，算是我的“故乡三部曲”。

当然这只是笑谈，我这三首小诗充其量只能算个自己哼唱、自得其乐的“小曲”，用“三部曲”的说法，未免贻笑大方。因为只有那些大作家们的大部头作品多被称为“三部曲”，诸如巴金的“激流三部曲”：《家》《春》《秋》。只不过，如今这三首小诗都已在《诗刊》上发表，也算聊以自慰。

《故土》也是很多年前，大约是2009年写的。实际上当时写的《故土》就是诗咏家乡，至于后来又写《故乡》一首诗，则是时隔近十年之后的2018年。是一时思乡，从山、井、河三个侧面来写，虽不如《故土》

比较全面地回味故乡，但从诗的意境、节奏感、概括性来说，自我感觉好像还稍好点。

说到《故土》《故乡》，其中有些典故必须解说一下，否则不是家乡的人可能不明白诗中有的内容。

《故土》中有“山不高，也曾闻魏武挥鞭、战马嘶鸣”，和《故乡》中“山上有三国风云，山下有千年古镇”“攀上曹魏的名分”等句，说的是家乡金牛镇在三国时，曾是魏、吴两国兵争之地。魏国的曹操曾在此驻兵，山上至今留有曹营插军旗的“夹板石”就是证明。

而“葵花井”相传则是曹操之女葵花所挖。《庐江县志》中曾有记载：“山西北麓有葵花井，传为三国时挖掘”。小时候在家乡听老人说，葵花井水很神奇，放满满一杯水后，拿个硬币轻放杯口水上，竟会飘浮不沉。好奇者一试，真是如此。而以前镇里的几家老茶馆也以葵花井水做广告吸引顾客。所谓“葵花井中水，荒草尖上茶”是也。

《故土》中的“水不深，也曾见英王神威、曾九丢魂”，则说的是当年太平天国的英王陈玉成在金牛山下大战曾国藩湘军的历史。

咸丰八年（1858）十一月，太平军与清军在庐江西北的三河进行历史上有名的“三河之战”。“曾九”也就是曾国荃的部下、浙江布政使李续宾率湘军进逼三河，防守三河的太平军将领吴定规向前军主将英王陈玉成求援。陈玉成率部从浦口经巢县、庐江直趋金牛镇，绕到清军背后。李续宾情急之下，趁陈玉成立足未稳，偷袭金牛镇，因陈玉成先有预谋，李续宾攻入的只是一座空营，被陈玉成部四面包围，清军腹背受敌，李续宾在无后援无退路的情况下，战败投河自杀。

《故乡》中的“山顶有内战的壕沟，山坡有诵经的寺庙”，一方面是说山上还保留解放战争期间“金牛山之战”的战壕，另一方面是介绍金牛山历史上曾经有过的宗教寺庙。

“金牛山之战”说的是，1948 年 8 月，国民党庐江县联防大队盘踞在金牛山，环山建造木城，四角筑起碉堡，构成据点，妄图阻塞皖西大别山革命根据地与巢湖之间的交通线。为了拔掉这颗“钉子”，中共皖西二分区决定“围点打援”，即围攻金牛山，引诱保安一团增援，然后将金牛的联防区大队和保安一团一起歼灭。参加这次战斗的部队有皖西军区主力二十四团、桐庐独立团、中原野战军某部一个连。金牛山之战拔掉了国民党在金牛山的据点，扩大了中共庐江独立团的活动范围，打开了皖西区党委和四地委联络通道。

至于“山坡诵经的寺庙”是指在金牛山西麓曾有一座在三国时期由曹操扩建的妙光寺，但经过历代风雨侵袭和兵火袭扰，毁于明朝初年。后来重建改名南阳殿。据了解，在 1998 年该寺原址重建清理地基时，曾在两三尺深的土砾中挖出一座石质古香炉。香炉高 40 厘米，宽 40 厘米，厚 27 厘米，缩腰如意足，缀以双耳，正面浮雕潜龙吐珠图案，并镌刻铭文“大清道光八年大吕月立”。

除西麓的妙光寺，在金牛山顶历史上还有一座名为“赤乌”的塔。据说是公元 239 年，吴王孙权占领庐江后，来到金牛山，看到山上曹操建造的寺庙后，便命地方官吏在山顶建造一座高塔，取相制相克之意。因为建于赤乌二年，人称“赤乌塔”。有古诗为证：“荒城古刹建东吴，碑碣分明载赤乌。偶对斜阳闲眺望，落霞千丈挂浮屠。”《故乡》中那句“望不见古塔卧寒流”的“古塔”就是指此塔。

而“古塔卧寒流”这句诗则是化自宋朝李弥逊的一首《水调歌头》。

词中有“白发闽江上，几度过中秋。阴晴相半，曾见玉塔卧寒流”句。同样，《故乡》中的“看不到急桨轻舟荡”，也是套用古诗词。宋陈亮的《诉衷情》词：“独凭江槛思悠悠。斜日堕林邱。鸳鸯属玉飞处，急桨荡轻舟。”

至于“听不见牧童归来笛声响”句，则是说到金牛古镇入列古“庐江八景”中的诗句“金牛晚眺横吹笛”。清人郭嗣泰亦有咏金牛晚眺诗云：“残霞倒射烟云塔，雾霭斜封寺外山。纵是五丁开蜀岭，只余归牧笛声闲。”

按说我写的白话诗引用古诗有点不伦不类，但自觉这几首诗上不得台面，只好拉大旗作虎皮，找几句古诗来装点门面了。

附：诗三首

故园

小城小楼小院
老屋老树老犬

春日里香樟叶舞花飞
夏日里枝头蝉叫，流萤扑扇
秋日里较着劲飘香的金桂、银桂
惹得邻人醉
冬日里院里踏雪折梅
屋里把酒炉围

斜阳外父亲又诵诗吟联

晨风里母亲叫起声又催

花架旁石桌边

小弟们又在胡侃乱吹

厨房里漏雨声

像问妻：累？累！

月光下花影中

子侄们我赶你追

逐那只不甘寂寞的老犬

啊！我的故园

多少年亲情缠绵

多少年魂绕梦牵

流连

那流逝的亲情

那淡离的故园

故土

山不高，

也曾闻魏武挥鞭、战马嘶鸣；

水不深，

也曾见英王神威、曾九丢魂；

林不秀，

也曾有泉水叮咚、白鹭成群；

镇不大，
也曾历百年洗礼、千年风云。

我的故土，江淮小镇。
那里有祖辈的辛劳，
那里有我辈的青春。
那里有风花雪月，
那里有乡恋乡情。

多少年，那片故土是一片清贫，
多少年，那片故土有坚韧的抗争，
多少年，那片故土无数人战天斗地，
也有无谓的争斗、疯狂和寒冷。

而今，
故乡的土地早已翻新，
收获的歌声像鲜花一样缤纷。
贫穷已随岁月而去，
和谐、安宁已深入人心。
而今，
青山依旧，
但已听不到斜阳下那牧童悠扬的笛声；
河道虽宽，
已不能驾一叶扁舟入江东行；

乡音未改，

但已见不到那熟悉的乡亲：

那清晨街头一包花生、二两苦酒的老人，

那为乡邻沏一壶热水、送一声憨笑的哑巴的身影，

那石桥上纵身跳水的玩伴们赤裸的体形，

那马头墙上摇曳的衰草和瓦檐下垂悬的冰凌，

那石板街盲者行走的杖击声、间合着二胡的和音，

还有那晚霞里鸣着汽笛从省城开来的小火轮！

一切已随风飘逝，

如流星划闪，似过眼烟云。

只有那永远的故土、永远的乡情，

永远的河畔春天树、山间日暮云，不变赤子心！

故乡

山

山东是小学

山南是中学

山西是田野

山北是古镇

山东那边出文人

出了个大学校长张宗良

山南那边出武夫
出了个抗战名将孙立人

我生在山北
在山东读小学
去山南读中学
结果一事无成

山顶有内战的壕沟
山坡有诵经的寺庙
山上有三国风云
山下有千年古镇
凤凰展翅状的老街
一直默默无名
大拆大建后的新镇
像涅槃重生

山，云淡风轻

井

古镇有两个井
山上葵花井
山下乌龟井
葵花是山泉

有历史的滋润
攀上曹魏的名分
乌龟是土井
沾满街坊俗气
与饮食男女不分

葵花泉涌
只够三两文人茶饮
胡诌几首诗文
流传至今
乌龟井深
满街上家家取用
日常生活少不了
镇外无闻

记得常去担水的妻
曾经滑落乌龟井
若不是街邻相救
可能至今我单身

井，滋润乡情

河
一头连接大别山
一头伸到长江边

那时河北老街市井繁华
那时河南真空旷
而今河南的农贸市场熙熙攘攘
而今河北的石板街上真清凉

河上的古桥翻建了多少次
河两旁拆了多少马头墙
镇上的人换了多少代
河水还是不紧不慢地向东淌

望不见古塔卧寒流
看不到急桨轻舟荡
听不见牧童归来笛声响
岁月沧桑……

河，九曲回肠

2019.9.14

叹息老来交旧尽，睡来谁共午瓯茶

中午小憩，梦中见到几十年前的老领导、老同事。醒来独自品茗，遥想当年，遂落笔小记。

先说当年单位的一把手，姓丁，人称“丁一手”。之所以别人这样称呼他，是因为他的一只胳膊残废。但那是他当年打游击光荣历史的见证。

据说当年打游击时，他被打伤，在家乡一带山边躲藏，坟地都睡过，吃过很多苦。解放后当过区乡干部，后来转任区供销社党支部书记。因为是单位的一把手，所以“丁一手”的称呼，也有这个含义。

丁书记文化不高，也不懂经营。但那个年代，当供销社负责人不需要这些，外行领导内行是当年常态。不过丁书记工作认真，勤勉敬业，除了业余时间找人下下象棋外，没有别的嗜好，一心扑在工作上。

那时政治学习多，每天早上集中学习，丁书记让我带大家通读毛泽东著作。《毛泽东选集》1—4卷，那几年都读完。还有就是下去检查工作，搞各种评比活动，每年至少两次。每次从安排布置到分组检查、总结评比，丁书记都亲自组织、亲自参加，非常认真。而每次的评比总结大会、年终总结会和年初工作会议，都很正规。照例我给他写出书面讲话稿，他到会上作报告。

当年每到年终，单位的人互相请客，丁书记总是先请办公室人员到他家吃饭，然后才轮流做东。“往年酒”的气氛很热烈。但是没有送礼的恶俗，我跟他后面工作好几年，从未见单位有人给他送过礼。大家都只如亲友一般，互相请客吃饭而已。贪腐行贿在那时是不可想象的。

后来丁书记调到县供销社当个督导员，实际上也就是退二线。不过他很自律，安于现状，从不去单位生事。我那时也调到县供销社做人事工作，从未见他提什么要求、要什么照顾。

一直到现在，离丁书记去世好多年了，我还经常做梦梦到他。有时我跟老伴笑言：恐怕他儿女也没有我梦见他的时候多吧!

再说“二把手”。二把手余主任是从公社书记调任区供销社主任的。他原来任职的公社就是我下放、后来开始参加工作时的地方。我是1970年底到那个公社的供销站工作的，因为经常画画广告写写文章，当时在当地还有点小名气，除了为供销站本身写些必需的学习和批判文章外，也为公社写点总结报告之类的公文。余主任任公社书记时，便常找我给他写讲话稿，所以接触比较多。

余主任喜欢喝酒，那时供销社作为“农村商品流通主渠道”，掌握许多紧俏商品，酒当然也有的是。所以他经常来供销站喝酒。不过，余主任一喝就多，经常喝得醉醺醺。记得有次开“三干会”（公社、大队、生产队干部会议），余主任在上面作报告，那次报告的文稿也是我写的。因为中午喝多了酒，讲着讲着，他竟然在主席台上打起呼噜来！把一礼堂的“三级干部”们笑翻了天。

也可能是经常醉酒的原因，不久，他被调任区供销社主任，虽然是主任，但因为还有个党支部书记，所以实际上是二把手，就是“二当家”的。因为他喜欢喝酒，经常是老酒当家，背下别人笑称他“酒当家”。从公社一把手党委书记调任区供销社的二把手，应该说是降职使用。但供销社主任名义上也是正职，所以也不能算降低了职务。而且那时的供销社是独家经营、红火得很，能到供销社工作是非常让人羡慕的。许多区、公社的干部宁愿降职到供销社、粮站、食品站这几个有油水、有实权的单位工作，也不愿去其他清水衙门的单位当有职无权的所谓“一把手”。记得有位公社书记，一心想调供销社，说当个副主任也行。结果调到区电灌站任站长，让他郁闷了好长时间。所以，余主任调到供销社当个二把手是很乐意的，何况这里更有酒喝。

不过经常喝酒的余主任也常出意外。有年腊月初，他晚上和几人喝酒，照例喝得醉醺醺的。很晚了不回房睡觉，说是要去洗个澡。那时的公共澡堂也属于供销社，是所谓“归口管理”。管澡堂的饭店经理也在陪他喝酒，听他说要洗澡，赶忙去安排。后来有人讲，澡堂的锅炉本来已熄火了，因为主任要洗澡又重新起火烧水。也不知到底什么情况，但水烧得很热是真的。余主任酒喝多了，躺在锅上一块带隔条的木板上熏着熏着，不知是睡着了翻身还是怎么回事，一不小心竟翻到大锅里去了。那几乎滚开的水把他全身都烫伤。陪他洗澡的饭店经理慌得不行，叫几个人赶忙把他拽上来，立即送医院，区卫生院医生一看，说快送省城医院。就这样，余主任被送到合肥。一直住院到腊月三十才回来。幸好救得快医疗及时，没留下什么残疾。

虽然嗜酒，但余主任人很好，为人忠厚老实，待人以诚。在单位从不争权夺利，反而是难事、苦事抢着做。记得有两年供销社到外搞磷肥加工，从磷矿石采购、运输到加工，工作辛苦，常年在外。他主动带队出去，不是跟着货车跑，就是钻在矿山里，住小旅馆甚至工棚，与外出的采购、运输人员同吃同住，一外出就是几十天，除了车上要带几箱老酒外，真是吃苦耐劳、任劳任怨。

一把手书记和二把手主任都不懂业务，自然有位副主任去管。副主任姓丁，因为他身材高，人称“大个子”主任。丁主任一直在商业单位，除了在基层供销社工作多年，还在县商业科工作过一段时间。所以，对购销业务和经营管理很熟。

那时每次下乡检查，只要听说是丁主任带队来的，被检查的单位都很紧张，因为一把手和二当家好糊弄，这大个子可难应付。记得我还在下面供销站卖百货时，有次丁主任带队来检查，我们头两天就打扫卫生，整理商品，检查标签，核对价格，生怕被查出什么问题，影响单位评先进。结果其他都还好，就是检查临结束时，丁主任以他的大个子，伸手从货架顶上抹了一把，然后伸出手来让我们看：手上抹了一层灰。原来我们整理商品、打扫卫生，只将柜台货架里弄得干干净净、整整齐齐，那货架顶上谁去管？而且必须站个凳子或爬个梯子才能上去抹到，所以没想过那上面要打扫。哪想到丁主任这样细心，而且正因为他的大个子，伸手就能检查到。

当然丁主任的业务熟不是仅仅这点小事，平时单位的商品采购、保管、销售，以及财务、物价和各项管理制度，大都是他安排和把关的。

不过丁主任为人很谨慎，生怕犯错误，处处小心翼翼。记得“一打三反”和“清理阶级队伍”时，他天天戴个马虎帽，穿个旧棉袄，低着头，弯着腰，两手拢在袖子里，离人远远的。开会时对业务以外的事极少发言，生怕惹火上身。平时与同事相处，也极力避免矛盾。有人说他“滑头”，也有人认为他是“聪明”。

除了书记和正副主任，还有两位让人难以忘怀。一位是被人嘲为“带干事的干事”。

所谓“干事”就是办事员，我这里说的是“人事干事”，那时也叫“政工干事”，就是单位里负责人事管理的干部。我当时所在的区供销社人事干事姓荣。荣干事个子不高，五官端正，一副书生模样，能说会道，头脑灵活。人事干事一干数十年，在一个办事员位置上做得风生水起。因为一把手文化不高，朴实直率，掌大权而不理小事；二把手老实巴交，从不争权；业务主任则谨小慎微，只管业务。所以他这个人事干事，在单位的行政事务、人事管理和党务工作上包揽了许多实际工作，让单位不少有求于他的人巴结奉承，无形中增加了不少额外权力。当然也增加了许多与同事之间的矛盾，树了不少“政敌”。

荣干事文化不高，虽然干事兼有秘书角色，但他写不好文章，写的字也上不了台面。所以他就要找个帮手。先找一位姓陈，也是我的同事、好友，一手字写得很漂亮，后来他调县供销社去了，就把我调到区供销社当个“二干事”。不过调动我的工作不是荣干事经手的事，因为那时他在下面搞工作队。后面讲到“监委”时再说关于我调动的事。

我到区供销社不久，荣干事也从乡下工作队回来。这样我跟他后面干了三年多时间。我的工作就是写写画画，凡是需要动笔的事都由我完成，尽管这本应是荣干事这个“人事干事”分内的工作。所以单位的人说他是“带干事的干事”。

因为荣干事喜欢揽权且锋芒毕露，不少同事不喜欢他，在指责他的同时，也“城门失火殃及池鱼”，附带牵涉到我。几次有人提出要调走我这“干事的干事”。好在几位领导对我印象还不错，而且书记主任们的报告讲话和单位装点门面的对上汇报、对外宣传，都用得着我，所以我这“二干事”的位置一直没动，直到调去县供销社为止。

要说荣干事这人，自有他的优点，并非对他有意见的人说的那样只知弄权。他对工作细致认真，要求严格。对上面交待的工作任务能不折不扣按时完成。动员组织能力也很强，那几年当地政府和县主管部门组织的各种学习、竞赛活动，我们单位都能列入先进行列，与他的组织实施能力有很大关系。若无这些优点，恐怕他这“带干事的干事”也不会做那么久。

荣干事直到前几年八十六七岁时去世，这与他平时的修身养性不无关系。他年轻时就注意保养，很少抽烟喝酒。中年时胃就不好，夏天都在肚子上围个兜兜，时时防止受寒。有段时间他患上脉管炎，除了去医院检查治疗，他自己到处查资料找偏方。后来弄到一本《中西医结合治疗血栓闭塞性脉管炎》的书，因为是从别人处借的，就让我给他抄下来。结果费了我几十天时间，一丝不苟地抄完全本书。

还有个不监察的“监委”。说“不监察”，倒不是他不做监察工作，而且当年确实没有多少可监察之事。

当时区供销社的“监委”，就是党支部里面的监察委员。那时党支部除了书记、副书记，就是组织委员、宣传委员和监察委员。组织委员由人事干事担任，监委姓李，是从部队转业后安排到区供销社的。

李监委是北方人，正直豪爽，快人快语。因为那时真的风清气正，现在所说要营造“不敢贪不想贪”的风气，实际上那时就是那样。所以他这个“监委”几乎无事可做。即使有要他去监察的事，也是与肃贪反腐不相干。

记得有位姓丁的同志，有点文化，字也写得好看，被领导列为培养对象，可是他在恋爱上出了问题。起先经人介绍，他与街边山南村的一位姑娘谈恋爱，已经进展到谈婚论嫁阶段。可是突然起变化，他与一位上海籍的同事谈起恋爱来，把农村的姑娘抛弃了。那个年代人的思想还很守旧，见他不要农村的姑娘，却要与上海过来的青年谈恋爱，都觉得这是品德问题，不可接受，一时舆论哗然。单位的领导们开会一议，就让李监委去调查处理这事。李监委去找那姓丁的同志谈话，但姓丁的同志铁了心要和那上海姑娘在一起。李监委问清了情况后如实向领导班子汇报。但办公室有几位思想偏激的干部极力指责，要求严肃处理，“以正风气”。这样，那个上海姑娘被调到乡下一个与邻县交界的供销站去了，姓丁的同志也从办公室下调到柜台当营业员，“培养对象”自然消失了。一对情侣变成分隔两地的牛郎织女。直到两三年后，李监委兼任区供销社所在地的供销分社主任，将那丁同志调到他身边当会计，而和他已结婚的上海姑娘也被重新调回来，小两口终于安排回一个单位。从这件事上，可以看到李监委为人厚道之处。

虽然大多时间，监委无监察之事可做，但也经常被安排处理临时性事务，如有时被抽调去乡镇做中心工作。有一年，搞政工的荣干事被抽去乡下做工作队，李监委就顶上去管政工人事这一摊。也就是在这个时期，原来的“二干事”小陈被调去县供销社，区供销社领导班子在研究调谁接替时，李监委就推荐了我。这样就把我调到区供销社，做“干事的干事”

也就是在李监委手下工作，直到荣干事回来。

李监委为人诚恳，平易近人，性格开朗，与同事相处十分融洽。记得有年春节，单位一班人到我家吃饭。家母做的肉丸子十分好吃，菜一端上桌，大家就来抢，李监委端起盘子就跑，到院里一口气吃光，连汤也未剩。回到桌上打着饱嗝笑言："让你们抢！"把一桌人笑得够呛。好多年后，我家里人还记得这事。只可惜李监委后来患病，未到退休年龄就英年早逝了。

时事沧桑，当年的这些老领导、老同事们都已作古，无论他们当年是关爱帮助过我，还是为难伤害过我，这一切都已烟消云散。我要记住的，就是在我人生的路上，这些老同志曾经和我一起共事，一同分享过快乐与痛苦、美好与忧伤，而这一切将永远留在我的记忆中。

2019.11.8

难忘当年

——供销社的春节记忆

今天的《国学新周刊》刊登了十几张供销合作社的旧照片，让我回忆起当年供销社的许多事来，尤其是每到春节时，供销社里摩肩接踵的热闹场景。

当年物资匮乏，人民生活的很多必需品，大到自行车、缝纫机、棉布，小到红糖、煤油、烟酒，甚至火柴肥皂等等，都要凭票供应。而供销社作为农村商品流通主渠道，几乎包揽了所有生活日用品的供应。特别是到春节期间，家家户户需要的年货，都得来供销社购买。所以这个时候最忙。持票来供销社买商品的人清早就来排队，生怕来迟了买不到。

记得有年腊月十几，我当时在郭河公社的供销站上班。那天晚上轮到我和另一位姓张的同事值班。大约是凌晨三四点钟的时候，突然听到大门给弄得呼呼作响，我们两人慌得不行，赶忙从门市部柜台边临时安置的小床被窝里爬起来，一个手里拿个铁棍，一个手里拿个铁锤，猛地打开大门，只见一人跌进门里。我们大喊："你干什么"？那人吓了一跳，说："我起早来排队，想将棉花换布票买几尺布，不想来得太早，所以在大门上靠着睡着了！"我们一看，门外墙边是有一个麻袋，装得鼓鼓的一袋棉花。

那年代的农民，过年想给孩子买件新衣服，但没有布票，一尺布也甭想买，只能拿棉花到供销社换布票。但当时集体生产，粮食棉花都只能交足国家后，剩余一点分给社员，少得可怜的棉花，除了家里做棉被外，实在拿不出多少去换布票。记得有位女同学，家住福元公社，有一年家里也是想用棉花换布票，但去所在公社的供销站几次都未换到，就跑到我所在的郭河供销站找我，让我帮忙给她换布票，总算圆了她给家人过年换新衣服的梦。后来这位女同学提了干，先后在县里、省城工作，而我还一直在公社供销站当营业员，没有了联系。

正因为布票难搞，我们在供销社工作的人"近水楼台先得月"，因为有每匹布卖剩五寸宽时就免票的规定，所以我们卖布的人，就自己"以权谋私"买下不少不足五寸宽的布，过年带回家，给家里人拼着做衣服，这样总算家人过年有新衣穿。而在生产资料门市部当营业员的，就将进口的日本尿素包装袋拿回家，用颜料一染，做成长裤。

要说供销社当年的"特权"还不只这些。因为有权有钱，供销社春节时会免费让职工吃喝几天。在公社的供销站，当年都是在一起吃小食堂。春节时的留守人员，一概免费吃喝。区供销社的食堂，春节几天不仅值班留守人员免费吃饭，连家在所在地的办公室所有人员，都是在食堂就餐。记得那几年，每到除夕，先在单位食堂吃年饭，十多桌人热热闹闹，好酒好菜地饱食一顿，然后再回家与家人一起吃年饭，真是撑得肚子痛。

初一初二也是如此。倒不是就因为免费餐才去贪吃贪喝，实在是集体活动，何况还是一种待遇。所以就心安理得地去吃。好在那年月没有污染，肉菜都是“无公害”的，所以，无论怎么吃，也未见多少人消化不了弄出什么肠胃病来。当然，那时年轻，要搁现在，也只能望菜兴叹、徒流口水罢了。

有朋友曾笑我老喜欢回忆供销社的旧事，“恐怕就是那时供销社吃香，能买到人家买不到的紧俏货，逢年过节还能大鱼大肉地吃着。否则，你怎么很少回忆后来在其他部门工作时的往事呢？”

这话说得也不无道理，不过，我的青春岁月二十多年可都是在供销社度过的，你说能轻易忘怀吗？

2020.1.19

捧檄桥边的思绪

老友玉银发了个庐城东门捧檄园的图片，一时让我感慨万千。

所谓“捧檄园”，就是在捧檄桥边修的一个小公园。

至于“捧檄桥”，虽然现在庐江城里的年轻人大多不知道这个桥、更不知道为何叫这个名，但在老庐城人的心中，这座古桥可是庐城的一张历史名片、大名鼎鼎哟!

捧檄桥最早建于什么年代已不可考。但至少在东汉时就有这个桥，原名叫临仙桥。东汉末年，庐江有个名毛义的人（字少节），自幼丧父，与母亲相依为命。因家境贫寒，毛义年少便为他人放牧，箪食瓢饮，奉养其母。据说他在母亲生病时曾割股为母治病。因为有孝行，被乡里举为贤良。后来朝廷得知，就送檄文赏封他为安阳县令。毛义为了安慰母亲，迎至“临仙桥”接过檄文，但并未赴任。后不久母亲即病逝，朝廷派人前来看望，毛义跪拜于“临仙桥”上，将原赏封安阳县令的檄文双手捧还。史称他是“躬履逊让”，不愿为官，葬母后隐居山野。由于毛义的孝行，世人便改“临仙桥”为“捧檄桥”，并刻碑石记之。

后来捧檄桥因年久失修，桥身毁坏严重。清光绪三年（1877 年），著名淮军将领、广东水师提督吴长庆，捐资重修，并于桥头树“捧檄桥”碑石，碑之两侧书刻有楹联：“捧出真心归大隐，檄来强喜慰慈亲”。

新中国成立前，桥上栏杆大都断毁。新中国成立后改为砖砌栏杆。后又因拱桥面不便交通而改建铺设水泥桥面。二十世纪八十年代，在此桥上游东 100 米处新建公路桥一座为交通要道，“捧檄桥”专为人行桥。1987 年，庐江县人民政府公布此桥为“县级重点文物保护单位”。

说到看见“捧檄园”的图片引起我的感慨，倒不是因为古桥的历史典故，而是在这桥边，我和家人、友人一起在一个大院里共同生活了近二十年。

那还是二十世纪八十年代中期，我当时在庐城的供销社工作。1985 年组织上调我去城关供销社担任负责人。因为单位房屋不多，当时不少干部职工住房很困难（那时还没有商品房，住房改革未开始）。有十多位从部队转业回来到供销社工作的干部，迫切要求解决住房问题，但苦于企业缺少资金，一直无力建造职工住房。

就在 1986 年底 1987 年初，我从报纸上看到外地有单位搞干部职工集资建房的报道，觉得这是解决职工住房困难的一个好途径，便和大家商量，班子成员和有住房需求的干部职工都表示赞同。这样，我们通过个人申请、单位审核、集体研究决定后，向主管部门书面报告，请求同意在城东捧檄桥边的商场后院空地上，由职工集资建房，解决部分干部职工的住房困难。主管部门批准后，我们又上报县城建部门，经审批后修建了两栋两层的楼房。1988 年竣工。当年年底，八户干部职工搬进了自己集资所建的房子里。

与此同时，主管部门县供销社也在这个院里盖了一幢三层楼房，

1989 年竣工，解决了 12 户机关工作人员的住房困难。加上我们将大院前商场二楼改造成对开两排住房、在院墙侧边又搭建了一排平房，这个大院先后住进三四十户近百名干部职工及家属。

因为都是一个单位的同事，所以大院居民的关系颇为融洽。记得每年春节时，年初一清早，大院的住户们就开始互相拜年，开始几个人起头，跑一家加一家人，越来越长的拜年队伍，到最后去拜年的人家，后面的人连门也没法进，只在门口喊几声“新年好”“拜年啦”，拱拱手掉头就走。当然，接受拜年的人家忘不了挤出来给每人送支香烟，再给小孩抓把水果糖。如果想拿“元宝”，也就是吃个五香茶叶蛋，必须要早，或者等第一波拜年的人走了，再去哪家喝一杯清茶，拿两个元宝，图新年发财。

除了过年，大院里有谁家办喜事，也是合院欢乐，大家都去凑个份子帮个忙，谁也不落下。我两个弟弟都是在大院里办的婚事，邻居同事们忙得不亦乐乎。布置新房、装饰婚车、参加迎亲、出席婚宴等等活动，都少不了院里的左邻右舍。同样，家父去世时，大院的邻居们都来吊唁，尤其是出殡那天，院前院后的邻居一起燃放鞭炮、列队送别，甚至有的跪地泣送，还有不少人跟随灵车，送往数十里外的墓地，让我深为感动，至今都难以忘怀。

记得有两年发生洪灾，洪水淹没大院，最深处近两米。大院的人齐心协力，扎竹排，拴绳索，互帮救援。低洼处住平房的人被洪水围困出不来，大家争先恐后去救助，将老人小孩转移到楼上安全处。

平时大院里邻居相处也是和睦温馨，你来我往，热热闹闹。经常三五人碰到一起，喝酒猜拳、下棋打牌、品茶聊天。烧个好菜，忘不了叫楼下同事品尝；端个饭碗，忍不住去隔壁邻居家聊天。甚至来个亲戚，也喊上邻居陪酒。遇到哪家有急事，就更是义不容辞去帮忙了。至于邻里之间争争吵吵的事，好像十几年里都未发生过。只有那家有精神病的老婆子偶尔喊叫几声，让邻里一笑而过。

再说回到捧檄桥。虽然几十年过去了，对这片地方仍然怀念的主要是那个生活过近二十年的大院，而并非这座古老的桥梁。但捧檄桥仍然在其中潜移默化地影响着我们。

当年我担任负责人时在单位搞“集资建房”，实际上也藏有一份私心。因为那时父母均已年迈，我从 1981 年调县城工作，父母一直在乡下的小镇里，几个弟弟这时都长大成人，分别出去读书或工作，父母无人照料，而我在县城工作多年，一直住在很小的房子里，没办法让父母到身边来居住。所以，这时遇到可以集资建房的机会，当然不会放过。后来，房子建成，父母如愿接到身边。父亲在这个院子里度过他晚年最后八年的时光。而三个弟弟中，二弟、四弟都在这里结婚成家，三弟的婚姻也是从这里开始。

所以，这个大院留给我家的是满满的亲情、爱情、友情。但在集资建房过程中，我也曾遭受“以权谋利”“贪污挪用”的诬陷，被有关部门查了好几个月。单位的文件、账簿给翻了个底朝天，后来终因审批手续齐全、未有任何贪污挪用证据而不了了之。事后有关心我的亲友痛心疾首，说我为何要建这房影响前途，断了升迁之路。那个时候，我倒是真想到捧檄桥的典故。千年前的古人能为孝奉慈母“檄来强喜慰慈亲”，我为能陪伴照顾父母安度晚年，受这点委屈算什么？否则，今天走在这捧檄桥上岂不愧对古贤？

2020.3.15

大孙女的“公主城堡”

儿子在深圳的一套住房出售，因为这套房自 2000 年购买，到今年已经二十年时间，而我们在这里居住的时间至少有十几年，尤其是大孙女在这里度过她童年中最美好时光。所以，对于卖掉这幢房子，我和老伴及大孙女都舍不得，因为在我们的脑海中，这房子早已留下许多挥之不去的记忆。

当年买这套房时，过程还有点复杂。我的父亲那时已病重，但他老人家时常念叨的，就是大孙子不小了，在深圳也待了好几年，该要买套房子，过两年得结婚成家呀！他不仅跟我反复叮嘱，还找了几个弟弟，让他们也赞助支持。也就在 2000 年的 5 月，父亲就去世了。

下半年，我和儿子开始在深圳找房子。那时深圳的房价并不高，一万元一平方米的就是非常好的了。但因为在当时的情况下，我们不能买贵的也不能买大的。所以先后看了十几个小区也下不了手。因为考虑到儿子要成家，加上我们当父母的时不时会去住，以后还要帮着带孙子，房子总得有个三房两厅，太小了没法住。这样至少得有一百一二十平方米才行，所以只好找价格低点的。

记得看过有几个八千左右一平方米的房子很好，但一算价格都是一百万左右，只好放弃。后来就看到现在这个小区，4 栋 28 层高楼连在一起的，小区不大，前后很窄的院子，但房型很奇妙，法式三错层。入户一层是所谓“过渡空间”，餐厅、厨房，中间过道对上下层楼梯，上去一层是所谓“公共空间”，客厅、客卫加个卧室，下去一层是所谓“私密空间”，主卧、主卫加书房。书房外还有个阳台。入户门前是长长的走廊，因为一层有六户，所以走道很长。大概是三错层的缘故，立体空间让人感到比较开阔，虽然实际面积只有一百二十多平方米，但整体立面给人的感觉比实际面积要大。而且客厅和房间都是落地窗，光线很好。当时那一带高楼不多，尤其是窗外、阳台外一望无际，连深圳湾海对面的香港楼房都看得一清二楚。价格每平方米只要六千，加上一个地下车位，总共八十万多一点。首付差不多一半也就是四十万。我们看了都觉得合适，就定了下来。

2001 年上半年，房子开始装修。那时的装修费用可比现在低多了，整个装修包括家具，也只用了三四十万元。年底就搬进去住，当时儿子还未结婚，就是我们三人。我们老两口是深圳合肥两边跑。直到儿子结婚，特别是大孙女出生后，我们就常年住在那儿了。

大孙女笑笑是 2006 年 6 月在合肥出生的，2007 年、2008 年也到深圳住过一段时间。楼下有个小游乐园，常抱着、背着她下去爬滑梯、荡秋千。

从 2009 年开始，我们在这幢房子里全年陪伴她，整整住了七八年时间，从幼儿园小小班、小班、中班、大班，到小学一至四年级。小学五年级后，我们就每年陪半年了。所以在这所住宅里我们居住的时间有十几年之多。

房子楼上客厅的墙上，有我多年给大孙女测量身高的记录，从 2009 年 6 月 20 日到 2019 年 1 月 6 日，十年多时间里测量了 21 次。2009 年 6 月 20 日，笑笑的身高是 96.5 厘米，2019 年 1 月 6 日已长到 164 厘米。笑笑称这个房子是“公主城堡”，因为四幢高楼的楼顶都有个城堡式顶楼，别具特色。四幢楼下一至三层是联体的，幼儿园就在一层和二层，三层有个游泳池和会所。笑笑三年多的幼儿园生活就在那里。

我在 2009 年 5 月 13 日的日记曾这样记录笑笑上幼儿园的第一天：

笑笑今天上幼儿园了，去时她一点不哭。下午接她，奶奶说想她，她说：“想什么想？不就在跟前吗？”这小坏蛋，还真行！

没想到表扬她一天后，5 月 15 日，我的日记中记的是：

笑笑今早哭叫不上幼儿园，好歹劝去，还好，没有再哭。晚上，幼儿园三个老师来家访。

当时她嘟着小嘴、泪眼汪汪，不愿去幼儿园的模样，我还照了张照片保存下来。经过短暂几天适应后，笑笑喜欢上了幼儿园，与小伙伴们相处得很好。每天放学后回到家里，要么在室内弹琴跳舞，要么在走廊上踩滑板，玩得非常开心。每天还要带她去楼下花园或隔壁几个小区里去玩。当然，爷爷奶奶得千方百计地把这位城堡里的公主服侍得妥妥的。

正因为笑笑在这套房子里度过她十多年的童年时光，所以一直不愿她爸妈卖掉这房子，每次说要卖房子她就不高兴。同样，我们也舍不得卖掉它。因为在这套房子里有许多天伦之乐的记忆。何况在这里住的时间那么长！

在今天的社会，住在城市里的人能在一套房子里住上二十年是非常不容易的。至少在我这大半辈子,除了在庐江县城那个小楼住了近二十年，还没有在哪个房屋能住那么长时间。

儿子在合肥新买套房子，年前刚开始装修，大概今年年底或明年可以搬进去住。我对老伴笑言，在那房子里我们再想住二十年，可能性不大了，除非能活到九十岁以上。

虽然我们舍不得卖深圳这套“公主城堡”，但现在孙女们去南山蛇口那边读书，而原来这个房子在福田香蜜湖这边，相隔太远。况且孙女长大了，爸妈照顾得很好，也不需要爷爷奶奶常住那里帮忙。加上想要在孙女们学校附近买套房子的原因，不卖这老房子也无力承受。所以只能卖掉。

以前人们对居住的老宅，都有深厚的情感。因为一座老宅会承载几代人的记忆，是家庭情感的积淀和家风的传承，是家族文化的根。几乎所有的中国人都对老宅老院有着永不消失的情怀。但在当下的社会里，老宅只是书本上记载的，或者作为文物保护的，现实社会中，传统中的百年老宅是再也没有了。因为几十年的社会急剧变化和变迁中，农村因为不断的行政区划调整、乡村改造、村庄合并、新农村建设等，不仅老屋旧宅，连许多村庄都消失了，哪还有什么传承历史的老宅留存？恐怕连十年以上的房屋也不太多了。而城市更是日新月异，旧城改造、新区建设，大拆大建之风刮遍每一座大小城市，哪有老屋旧宅立足之地？更何况当今的住房需求多种多样，儿女进城工作要个“小户型”，结婚成家要满足“丈母娘的刚需”，有小孩出生就要找“学区房”，孝顺父母的还要按“一碗汤距离”另购一套房，经济条件许可的还得换个大房型。如此等等，居住房子的变化实在太大，你说还有哪套住宅能让人住个十几年？

所以，对这套已经住了十几年有许多难忘记忆和情感的“公主城堡”的卖出，还真是有些不舍。写这篇文章，算是给这个不是老宅的“老宅”留个纪念吧。

2020.3.26

说说当年的“铁饭碗”

在微博上看到一篇文章，说到二十世纪八十年代的时候，有四份职业人人羡慕，堪称“金饭碗”。

文章所说当年风光一时的“四大职业”，分别是电影放映员、广播站播音员、开拖拉机的司机和供销社的售货员。

首先说说电影放映员，这个职业现在在农村几乎消失，只有城市的影城里存在。但是在八十年代的时候，老百姓的娱乐活动非常少，电影便是其中之一。电影放映员那个时候可是威风无比，不是谁都能干的。

记得家乡当年区里有个电影放映队，队长姓龙，曾在部队担任放映员，转到地方后，被安排到区放映队。一时在家乡风光无限，那人本身长得玉树临风，一表人才，为人也是谦恭有礼。担任放映队队长，虽然手下只有两名放映员和一个售票员，但在乡人心目中，俨然是区政府的大员。街道居民和普通干部职工都对他十分敬佩和羡慕。每当遇到好影片放映，一票难求时，他无论在电影院或家里，甚至走在街上，都有很多人围堵求票，宛如明星。

即使区下面的公社电影放映员，也是不容易获得的职业。没有个与公社领导沾亲带故的关系，一般老社员是难以任职的。不仅因为当电影放映员就脱离了参加生产劳动，而且到哪个大队、生产队放场电影，都是有接有送，更有伙食招待。在那缺衣少食的年代，仅此一点，就让人羡慕不已。记得一位老同学当年因为能写会画，被公社领导认为人才难得，就让他当了电影放映员。当时听到这个消息，我很为他高兴，还专程回家，和另一位同学一起相约，邀他小聚庆祝。

至于广播站的播音员，在那个年代政治上要求很高，必须根正苗红，而且本人也要表现好，普通话水平高。所以大多是当地有头有脸人家的子女，或者是下放知青中表现出色者。

当年我家乡区广播站的播音员中，有位女青年的父亲是我所在区供销社的领导。女孩长得清秀可爱，落落大方，一口普通话字正腔圆。可是不知为何担任播音员不多久突然自杀，一时弄得满城风雨。有关部门将此案查了好长一段时间，也未查出原因，最后不了了之。

而我下放所在公社的广播员则是一位上海知青。那位女知青下放后表现不错，我们曾一起出席过巢湖地区“上山下乡知识青年活学活用毛主席著作积极分子”代表大会。因为劳动表现好，公社让她当了广播站播音员。可惜后来不知是被引诱胁迫还是自身问题，她被曝与数名公社干部有染，一名公社干部还被关押判刑。这位女知青后来被招工到县城一家工厂工作。

二十世纪六七十年代曾有首歌《我是公社的拖拉机手》，不知道吸引了多少青年男女。歌词唱道：

“铁牛唱，马达吼
翻花的土地黑油油
要问开车的是哪一个
我是公社的拖拉机手
我是公社的拖拉机手
操纵杆，握在手
意气风发精神抖……”

由此可见当年拖拉机手的荣耀和地位。那时我下放的公社拖拉机站有三四位开拖拉机的人，其中两位是退伍军人，一位是上海下放知青。他们都住在公社的大院里。工资、住房等待遇与公社干部差不多。平时开着拖拉机上街神气得不得了。一般人乘坐他们的拖拉机是想都不用想，根本不可能。即使是拖拉机拖车的车厢上堆满黄沙石头或化肥农药，坐在上面风沙掩面、灰土弥漫、味道刺鼻、颠簸难受，但你和拖拉机手非亲非故，你就甭想坐上去省除步行之累。好在我那时在供销社工作，拖拉机手们还想找我方便买点紧俏商品，所以，不仅能乘坐拖拉机，还能享受“贵宾”待遇，坐在“驾驶室”——就是驾驶员座位边的铁板上。当然是露天的，那时的拖拉机可没有封闭的驾驶室。

记得当年我在离家数十公里地方的供销社上班时，所在公社拖拉机站有两位和我关系要好的驾驶员，经常在路过我家门口时，大声叫喊，问我老婆去不去我那儿？顺便就能带上。好多次省去了老婆步行奔波之苦，让我们两口子很是感激。

说到这里，自然就想到前面所说的，当年所谓“四大热门职业”中的营业员。正因为我当时在供销社当营业员，所以才会带来许多工作上、生活上的方便。

当年是计划经济时代，各种生产、生活物资严重短缺。什么化肥农药、棉布烟酒、猪肉鸡蛋、红糖煤油等等商品都要凭票供应。而在农村，供应这些商品的就是粮站、食品站、供销社三家。其中，粮站供应的只是粮食、食油，食品站供应的只有猪肉鸡蛋，其余所有生产生活用品，都由供销社供应。所以，当时的供销社被称为“农村商品流通的主渠道”。理所当然，供销社的售货员成为热门行业，是地地道道的“金饭碗”。

那时我下放到老家的乡下，经常给公社及一些单位写标语、画墙报。有天正在公社大门外的院墙边，站在梯子上写标语，公社供销站的一位姓徐的站长到公社有事时看到。他问公社的人：“这个写字的小伙子是谁？”别人一介绍，他说：“是他呀！”原来这位徐站长早年曾和我父亲在家乡街道共事。未过几天，他跑到我家中找我父亲，说供销社正好在招聘合同工，要我到他那去工作。就这样，我就跑到供销社当了一名营业员。尽管只是一名合同工，不算正式职工。

那年月的供销社营业员真是让人羡慕的职业。我到供销社工作一段时间后就发现，包括兄弟单位、公社、大队的干部们，对我们都是热情相待，好像这小小营业员的身价不比那些公社干部、大队干部、社直单位的领导等差。

有两件事可以说明当年供销社营业员的“吃香”程度。

一件是每年春节吃“往年酒”。那时每到春节，年还未到，预约节后“往年酒”就开始了。春节假期一过，供销社的人员回来上班，来请吃饭的人就蜂拥而至。附近几个大队的书记、大队长、会计，公社信用社、小学、拖拉机站、油厂等单位的负责人，还有一些生产队长、当地有头有脸的人都争先恐后地来邀请。每年的“往年酒”从正月初五、初六开始，一直吃到农历二月底、三月初。直到吃得我们实在受不了才勉强结束。

另外一件事，就是当年的送货下乡。那时搞“双学”运动，就是学大庆学大寨，号召基层供销社送货下乡，到村口田头去为农服务。但这本来属于“高大上”的政治运动，到实际工作中变成了玩玩逛逛、吃吃喝喝、交往应酬的行为。每到送货下乡那天，事先就有大队干部联系好，确定在哪吃饭，安排专人接待。我们轮流由两个营业员挑一副货担，上面摆几样农具或生活用品，底下藏几件紧俏商品，再怀揣几张化肥、煤油票。晃悠晃悠地走三五里路，早等候在村口的大队干部就迎上来陪着到村头稍转一下，便直接到安排饭局的人家中聊天打牌。午饭后休息，然后去林边塘畔转转，再到另一村庄，直到晚饭后才回去。

我曾编句顺口溜形容当时的送货下乡：“围着草堆转，绕着池塘走。两餐农家饭，三杯粮食酒”。这里说的“草堆转”不是走路围绕着草堆，因为当地乡下干部称农民养的活鸡叫“草堆转”，也就是现在人称的“散养鸡”“走地鸡”。有贵客到来，必须宰个“草堆转”。同样“绕着池塘走”，是指去村口池塘抓活鱼。那时农村招待贵客，都一定要现宰活鸡活鱼，以示重视。所谓“鸡鱼肉圆”，没有这几样菜上桌，那不叫“筵席”，按现在的话是“不上档次”。而当时喝的酒最好就是粮食酒，需要凭票供应的，一般人喝不上，只能喝点“地干”酒，或者“大麦烧”。当然，酒足饭饱后回到供销社，还要登记当日的“成绩”——送货下乡卖了多少货。不用说，带去的紧俏商品和各种票，都是“销售额”，不存在销不了货。“支农”的成绩还是大大的。记得有两年，我所在的供销站还被评为“支农先进单位”呢！

回想当年，真仿佛一场梦境。历史总是和人开玩笑。当年的这“四大热门职业”，今天说给年轻人听，大概会被认为是梦话。因为如今这些职业要么早已消失，要么变成社会最底层。当年的“金饭碗”早已经被摔在地上，成为历史的碎片烟消云散了。

2020.5.31

回忆当年的“招标承包”

日前去老家县城，老友们热情接待。把酒言欢，畅谈当年，气氛热烈。尤其是老伴和数十年未见的老同事们相见，大家更是激动不已。

老同事老朋友见面，自然少不了回忆当年。他（她）们曾经共同“战斗”过的地方——供销合作社系统的工业品公司，当年我在那里也有一段难忘的故事。

二十世纪八十年代，改革开放正在全面推进。流通体制改革方面，借鉴农村家庭联产承包责任制的经验，城市的工商企业也开始推行承包经营。

当年家乡县城的所谓“工业品公司”，是在改革开放后流通渠道放开，供销合作社不再局限于县以下农村地区，力求在县城市场有所拓展而成立的。但这个工业品公司只是租借公房的一幢三层楼，利用其中的一二两层楼开个商场。其规模如同县城国营商业百货公司下面的一个商场。所以在市场竞争中，既有后发的劣势又有规模的局限，经营状况不好，经济效益低下。

恰在此时，企业开始推行经营承包的改革措施，当地政府和主管部门就将工业品公司作为县城商业企业改革的试点来试行，时间记得是在1987年。

工业品公司推行招标承包的方案确定并向社会公布后，有好几个供销系统外的企业和个体报名投标。这让主管部门县供销社大为紧张，他们觉得招标承包的对象应该是供销系统内部的企业，将它给外面的企业尤其是私营企业者经营，觉得实在是件丢脸面的事。可见当时的许多领导者，思想还跟不上改革开放的大趋势，封闭陈旧的思维模式依然禁锢着他们的头脑。

在此情况下，主管部门找我商谈，要求我以所在的城关供销社名义出面参加招标承包工业品公司，并务必要拿下来，不能花落别家。

在此之前的1985年初，我调任县城的城关供销社负责人，经过三年的努力，该企业的经营略有起色。而城关供销社除了在下属七八个乡镇有分社、数十个村有代销店外，在县城亦有商场、门市部，除了农业生产资料销售和农副产品收购外，也经营工业品。而县供销社在县城所属的其他公司则只有茶叶、土产和农资公司，他们都不经营工业品。因此主管部门才让我以城关供销社的名义去参加招标承包工业品公司。

由于是流通领域的改革举措，而且在县里的商业企业是头一次试行招标承包，所以当地县政府很重视。记得当时分管财贸工作的李副县长，专门为此召开了几次会议。县财贸办公室的几位主任更是坐镇供销社督办。

既然是“招标承包”，当然要履行招标的手续。每个来投标的企业或个人，都得拿出投标书，提出投标的动机、承包后的经营理念和模式、未来几年的经营目标等。经过由县财办牵头、有关部门参加的企业经营承包领导组审核后，最终选定了三个投标单位参加最后的招标承包答辩会。

记得那天的答辩会搞得有模有样。县政府负责同志和有关部门的负责人悉数登场，场面隆重、气氛热烈，答辩环节井然有序。经过每位答辩者的自我陈述，主持人和现场参与者的提问和投标人的解答，然后由承包领导组评审。最终我代表城关供销社获得承包权。

记得当天答辩结束后，那位李副县长很满意我的现场表现，拍着我的肩头，大大称赞了一番。当然主管部门的领导也松了一口气。实际上我知道，所谓公开招标、竞争答辩什么的都是形式，从县政府到主管部门，他们早就在私底下确定由城关供销社来承包工业品公司。即使我那天现场辩论表现不好，也决不会让别的单位抢去工业品公司这块早已不肥的肉。

不过，让城关供销社来承包经营工业品公司，确实有他的长处。承包后，首先非经营管理人员就大幅减少。因为“两块牌子，一套人马”，领导层只需要一个，原来两个企业两套领导班子就不存在了。原工业品公司的办事机构和人员也不再保留，只配备商场的负责人和财务人员就行了。另外在业务经营上，不仅在两个企业内部可以统一进货、统一调配。而且在承包经营后不久，通过主管部门的协调，组成了“工业品集团”，将全县供销合作社的工业品货源统一由工业品公司组织采购，实行“联购分销”，达到了扩大经营规模，压低采购价格，降低进货成本，实现县公司和基层供销社双赢的结果。从这个方面来说，如果当时由系统外的企业或个体承包工业品公司，是不可能做到的。

几年后我调离城关供销社，“承包经营”寿终正寝。两家企业重新分开经营，各配一套人马。不过全县供销系统的工业品联购分销在县供销社牵头组织下，仍旧运行了几年，直到后来供销企业在市场竞争的大潮中逐渐没落，“联购分销”也就烟消云散了。

2020.10.20

叹息老来交旧尽，睡来谁共午瓯茶（续一）

去年这个时候，写过一篇文章《叹息老来交旧尽，睡来谁共午瓯茶》，回忆当年工作时的老领导、老同事们。今天屋外冬雨沥沥，寒风飕飕，出不得门，坐在家中无聊，翻看旧文，又让我想起那些今已故去的昔日同事。

我当年参加工作，在下放所在地公社的供销分站，站长姓荚，外号人称“荚大花”。为何有这外号，因为荚站长人长得帅，爱美，衣着光鲜，头发梳得水光发亮。在那个人人黑灰衣服、蓬头垢面、不修边幅的时代，荚站长的行为被一些“正人君子”视为有花心。而且，他还能说会道，有时也言过其实说些大话、玩笑话，被人认为“大而花之”，因此给送上“大花”这略含贬义的外号。

实际上荚站长人很好，性格开朗，胸无城府，待人热情。尤其是对刚参加工作的下属很是关照，绝无官架子，平时与职工打交道也很亲切贴心。站里的年轻人都和他合得来。倒是区供销社和外面一些古板传统的干部对他的言行颇有微词。也是他性格直爽，嬉笑怒骂出自内心，全无顾忌，经常无意中得罪人。加上油头滑面的书生模样、与女同志接触时的玩笑之举，也额外增加一些负面影响。

记得有年春节期间，一位姓王的小学校长请我们吃“往年酒”。那个年代，因为供销社掌握紧缺物资的供应，所以当地公社、大队、学校及一些社直单位的干部逢年过节都会请供销社的人吃饭，拉拉关系，好买到一些紧俏商品。

那天王校长准备的酒宴很丰盛。记得有碟咸肫，刚吃的时候，我小心地用筷子夹了一小片。因为那时家里过年时准备点咸肫，切成薄片，装在小碟里，除了年三十、初一端上桌做个样子，主要是来客时才摆上桌。而且客人一般也只吃个一两片，好让主人家留着继续在招待来客时“装门面”。英站长看我那么缩手缩脚，笑着对我说：“吃咸肫要铲着吃。”接着用手做示范，两只筷子分开一上一下，插入碟中，下面铲上面夹，一下夹起厚厚的几片，放到我的碗中。其他同事也在英站长的劝说下大快朵颐，风卷残云般将一碟咸肫吃得精光。我偷眼看看主人，那位王校长尴尬地笑了笑。

接着一盆鱼端上来了。那年月肉呀鱼呀都是稀罕物，老百姓家年三十烧一盘鱼，会一直吃到正月十五。谁去人家拜年都不会吃鱼，所谓“鱼”，“余”也。图“年年有余”的吉利。所以王校长家这鱼端上桌，我们也视之无物，不敢在上面动筷子。主人当然作势邀请：“吃鱼呀！吃鱼！”英站长一笑：“大家吃鱼，校长家就不客气了！”说着用筷子夹起鱼，一块块地夹送给我们。夹完一条鱼的半身后，英站长麻利地用筷子将背面一半翻过来，笑着对王校长夫人说：“你在这上面加点水，明天冻起来，还不是一盆鱼，来人照样算一盆菜！”这一下，那位王校长真的挂不住脸了："你这也太寒碜人了吧？吃就吃完了，哪还能剩一半再去招待人？"英站长笑着对校长夫人说："反正别人不像我们这么好吃，上桌也不在鱼上面动筷子，下半身有没有被吃谁也不知道。是吧？嫂子！"校长夫人倒是落落大方，打了一下英站长的手："你这个英站长，就喜欢开玩笑。怪不得人叫你英大花！上半身都让你吃光了，还留什么下半身？吃就吃光吧！"大家哄堂大笑，总算没有发生不愉快的事情。

再说当年住隔壁的孔老二。那时区供销社办公室边有一排房屋，地势较高，十几个房间，除了最里面三间敞开作为会议室外，余下七八间房住人。住我房间的左边是前文提到的"带干事的干事"，右边则是人称"孔老二"的人。至于为何被称为"孔老二"，现在已记不清了。可能是他姓孔，在家排行老二。也可能是那时刚经过"批林批孔"运动，"孔老二"三字臭不可闻，他一向喜欢跟人开玩笑，姓孔，所以大家以此名调侃他。

孔老二成天没个正形，嘻嘻哈哈，逮谁都开玩笑。记得有年夏天，晚上我带儿子在门口乘凉，他一个劲逗我儿子，把儿子弄哭了还不放，气得我和他吵起来。还有次他与隔壁的那位"二把手"主任喝多了酒打起来，两人揪成一团，一起跌到有一米四五左右高的台阶下，好在下面有长势旺盛的黄花菜挡着，否则两人都会头破血流。

孔老二喜欢喝酒，而且经常喝醉出洋相。有次在县城一个饭店晚上喝酒，酒多了走到一个用于基建盖房的石灰池边，不小心掉进去。他跌在里面也不知疼痛，竟然呼呼大睡。过了很久，有个服务员下班路过那，听到有不正常的呼噜声，以为是食堂养的猪掉进石灰池里，赶忙去食堂喊人。待几个人拿着手电筒跑过来一看，原来是这位老兄，把大家笑得够呛。

孔老二一直当采购员，那时出去采购化肥、农药什么的，四处奔波，求爷爷告奶奶，低声下气地求人，陪酒拼酒是经常的事，挺不容易的。后来身体也给喝坏了。

再说张三。张三不是他的名，好像也不是在家里兄弟中的排行，只是同事们恶作剧，拿“张三李四”的词语给他起的外号。久而久之，就成正式称呼了，到后来除了特别熟悉的人外，他的本名外人还真忘了，只喊“张三”。

张三长时间在下面的供销分站当站长，算是一方诸侯。人长得不怎样，个头不高，一眼看去有点猥琐。不过为人挺好，与领导、同事们关系都不错。那时虽然我只是个“二干事”，但每次去他所在的供销站，他都热情招待，弄个火锅，沽点老酒，亲自陪同。甚至有时邀我同一张床抵足而卧。不过这位老兄太不讲究卫生，晚上睡觉也不洗脚，那味道真是臭不可闻。后来听同事说，他一年到头都不洗脚，除了夏天，秋冬季洗澡也很少，实在懒得够呛。退休后好像是一个人生活，很是艰难。

办公室还有个“左四爷”，他真是在家族同辈兄弟中排行老四。做财会统计和物价工作，专业能力很强。人长得帅，工作也极认真，性格直爽倔强，给人有自以为是的感觉。遇事坚持已见，难以听取他人意见，人称“四扛子”。为人处世都很正直，看到做得不对的事，直言不讳，因此也经常得罪人。

我那时在办公室除了秘书工作，也代管票证业务。因为那时候许多物资凭票，尤其是棉布供应得凭布票购买，而布票收回后需要上缴，所以每个基层供销社都配个票证管理员。因为左四爷搞统计工作，业务上有交叉，我刚做时不熟悉，都是他帮助指点。还有我做秘书工作，写总结计划之类的材料，很多数字也都找他要，他都不厌其烦地提供。不像有的同事，对我这“二干事”爱搭不理的，很多时候要领导打招呼催促才给提供材料。

后来听说左四爷年老时老两口都瘫痪在床上，生活不能自理。可惜一直没有机会去看望他，实在很遗憾。

去年写那篇文章时，想到陆游的诗句“叹息老来交旧尽，睡来谁共午瓯茶”，拿它作为文章的题目倒也贴切。今日我已古稀，昔日那些比我年长的领导和同事们零落殆尽，再也不能与他们饮酒作乐、品茗谈心了。回忆当年，如同窗外雾蒙蒙的天空，让人心情郁闷，怅然失落。

2020.12.26

叹息老来交旧尽，睡来谁共午瓯茶（续二）

今天又听说一位老同事去世。这位当年的同事姓胡，虽然曾经同事，也曾做过我的下属，但是从年龄上长我二十岁，也算是“忘年交”吧！

胡老生前我一直称呼他“胡主任”，因为他曾在基层供销社担任业务主任。我于二十世纪八十年代在家乡县供销社工作，经常去基层，对他有些了解，知道他熟悉购销业务，工作认真负责，所以在我担任县城的城关供销社主任又兼任县工业品公司法人代表时，选调他到工业品公司管业务。

也是胡主任这人性格正直，脾气倔强，不善于处理人际关系，县主管部门的一些人对他有成见，所以当我提出调他进城时遇到很大阻力。在我一再坚持下，主管部门才勉强同意，但作出“三不”的规定：先不办正式调动手续，以借调使用；不准在公司安排领导职务；不得安排住房。就这样，好不容易将胡主任弄进城，安排进工业品公司。

胡主任确实对购销业务很内行，工作也很认真负责。一开始我安排他去工业品公司的商场当经理。主管部门说的“不安排职务”指的是不能安排公司的领导职务，因为公司的经理、副经理是要经过他们任命的。而商场经理的管理权限在企业，作为企业法人，当然我说了算，主管部门管不着。后来搞全县工业品“联购分销”，由工业品公司负责组织，我让他负责联购分销的具体业务。经过一段时间，看到主管部门有关领导对他的印象略有好转，我就提出给他办理了正式调动手续。至于住房问题，当然要安排，总不能让他在城里工作却住在乡下，每天跑几十里路早出晚归吧？我没有理睬主管部门的禁令，给他在另一个商场的二楼安排了住房。这样，总算解决了“三不”问题，让他能安心工作。

几年在一起共事，感觉胡主任对工作确实任劳任怨、尽心尽力。他业务能力很强，工作耐心细致，认真负责。不过他的性格也确实够呛，与同事相处不融洽，下属人员也对他颇有微词。他处理问题比较急躁，与人三言两语就脸红脖子粗的，给人感觉是严厉、粗暴。但实际上，他的心地善良，性格直爽，就是心里装不下事，遇到认为不对的事就不吐不快，毫不掩饰。更可贵的是他不以权谋私，我们在一起工作好几年，从未听说他经手业务有从中谋利的。尽管那时一年经他手购进销出的商品有好几百万。以他那容易得罪人的性格，如果经济上有问题，那他早就会出事，绝不能在退休后幸福度过晚年，得享九十一岁的高龄。

也许是像胡主任那个年龄的人经历的时代不一样，他们那一代无论是担任领导职务或是一般工作，绝大多数人都是勤奋工作，廉洁奉公。

记得我刚调到县供销社工作时，县供销社的一把手姓蔡。当年听到不少说他贪的言论，具体表现就是他爱抽烟，而且经常抽“凤凰”牌香烟。

现在想来也实在是可笑。他是新中国成立后就参加工作的老干部，那时当个局长，在小县城也是响当当的领导，抽几包凤凰烟竟然被说成是“贪官”，这让后来那些动辄贪污百万、千万甚至上亿的贪官听到真是会笑掉大牙。

蔡主任在任时做了不少事情，那时他兼任县政府的多种经营办公室主任，经常到乡下去，帮助社队发展种植业、养殖业，搞多种经营，为改善农村经济，增加农民收入，做了许多工作。

开始时县供销社办公条件差，在县城也没有像样的商业网点，蔡主任想方设法筹资兴建了一栋大楼，一层做商场，二层办公，三、四层做职工宿舍，极大地改善了供销社在县城的经营、办公和住宿条件。而且为帮助机关干部改善生活条件，蔡主任让基建部门将工程剩余的木料，制作了几十张木床，分给机关工作人员使用。但是由于班子内部的矛盾，有人向上级反映，说蔡违规超标准建办公楼，并且制作“法式床”腐蚀干部。实际上所谓“法式床”，就是因为所做的木板床，两头一端高点，一端低点，就是俗称的“高低床”，竟被扣上“法式床”的名称。一时间，舆论大哗，县委、县政府派员彻查，“法式床”当然全部收回封存，不准分给职工了。那一段时间，我几乎天天为蔡主任写检查，因为我那时在县供销社人秘科，笔头上的事都是我的。经过反复调查后，除了二楼做办公室没有事先详报外，其余指控都是无中生有。所谓“法式床”当然后来也分给机关人员了，只是那高低床高的一端，木框以外，就是三合板，实在不经用，未用几年，几乎家家都扔掉这个“腐蚀”干部的“法式床”了！

记得蔡主任晚年患病，我去看望他，还是住在原来的平房里，家里连电话也未装。临走时，我塞个数百元的红包给他，他还推脱拒收，弄得我眼泪都忍不住要掉下来。

那个年代的干部、那个年代的同事，实在让人难忘。愿已逝的人在天堂安好，祝健在的人幸福安康！

2021.1.17

元宵节的记忆

又到元宵节！记得几年前的今天，我曾写过一篇短文《元宵的灯》，文中回忆了当年在家乡过元宵观灯的旧事。当然，元宵的记忆，不只是观灯，还有许多难忘的往事。

元宵节吃元宵是必不可少的。大多人称“元宵”为“汤圆”，但在我家乡称为“下汤果子”。汤圆圆圆的像果子，下到水里，岂不是“下汤果子”？

不过“汤果子”有包馅和不包馅的区分。馅分几种，最常见的是芝麻馅。黑芝麻捣碎，加上白糖、桂花，包在糯米做的小面团里。家父当年做“汤果子”，喜欢将桂花酥糖捏碎作馅，然后加入猪油，既省事又香味十足。而做“汤果子”用的面就比较费工夫。那时市面上还没有卖做“汤果子”用的干面粉或湿面，必须得自己做。首先将糯米用水泡，然后用石磨磨出浆，放在大木盆里，上面铺上土布，布上堆满草烧的灰，将水吸干后，把糯米面一块块掰起来，搓捏成一个个圆球状。需要包馅的，就先拍扁、填馅，再捏成圆形的“汤果子”。

虽然当年做元宵很费事，但是那个过程，就是节日的气氛，就是家的温暖和亲情的呈现。至今想起当年那石磨吱吱呀呀的声音、调馅时香气四溢的味道、一家老小围在一起包汤果的场景、柴火灶里红红的火焰、大铁锅上升腾的热气、大人小孩吃汤果时的欢言笑语，还是历历在目，始终难忘。这种感觉岂是如今去超市买袋汤圆回来煮了就吃能够代替得了的！难怪如今许多人找不到过节的感觉，原因恐怕就在这里吧。

至于现今许多人说元宵节是所谓“中国的情人节”，我倒没有在当年过元宵节时感受过。那时穷得叮当响，平时肚子都吃不饱，元宵节能吃到元宵就心满意足。再要能看个舞龙舞狮的花灯，那就甭提多高兴了。有谁去“月上柳梢头，人约黄昏后”？不仅没有条件、没有心情，人们也没那胆量敢冒着挨批挨斗的风险去搞那“资产阶级腐朽作风”！

不过那时候过“革命化春节”，元宵节这天经常由单位组织上山种树，虽然没有“月上柳梢头”的朦胧意境，但有太阳当头照的火样热情；没有“人约黄昏后”的儿女情爱，却有那个时代青春洋溢的“革命情怀”。更重要的是，早上吃了“汤果子”，爬山种树，正好帮助消化。不像今天，早上和老伴吃几个超市买来的汤圆，一上午肚子都不舒服，赶紧喝了一杯“三元庄”六安瓜片，才得以消食解腻，

池莉说她元宵节“吃了汤圆，呆看了圆月，闪过了诗句”，我今天过元宵节，只能吃两个汤圆，细雨绵绵的晚上无法“呆看圆月”，花灯也没有，诗意自然也全无。只能闷坐家中回忆当年，胡编乱造几句，让读者诸君见笑了。

2021.2.26

叹息老来交旧尽，睡来谁共午瓯茶（续三）

清明回乡祭祖后，老同学们相约聚会，饭局中得知宏永同学春节后于正月初九病逝，让大家感到痛惜不已。

宏永同学患病已有好几年，先是胃癌，动过手术，后来又转移至肺部，先后化疗很多次。前年正月初十，我们班的同学在庐城聚会，他来参加时，头发已因化疗脱光，戴个帽子。但那时身体还可以，精神也不错，席间有说有笑。后来在合肥也在一起吃过饭，他虽然说每次化疗都很痛苦，但说自已想得开，“不怕它！”去年因疫情一直未见，今年正月十五前后，和几位朋友在合肥吃饭时，大家还想到他。我说，也不知现在什么情况，又不好打电话，怕他病情趋重，否则邀来再聚聚。谁想到那时已经是阴阳两隔了。

宏永和我是初中同学，属于“老三届”中的六六届初中毕业生。当年我们在一个班。那时在班上，他和我一样，也不是很优秀，学习成绩一般，其他方面也没有什么过人之处。普普通通的一个同学。但他有个令人难忘的地方：头上有个小肉包，就是个瘤。所以同学们背后都称他“大包”。

毕业时遇到“文革”，我们自然都未能继续学习。我属城镇青年，下放到农村。他家在农村，就回乡劳动了。1970 年 10 月，我到供销社做合同工，几乎差不多时间，他也到供销社做临时工。我们都在金牛区供销社。我在下放所在地也是祖居地的郭河公社供销站。他去离他家一河之隔的石头公社供销站。他之所以到供销社做临时工，是因为他的姑父在金牛供销社工作，当个干部。在我去郭河供销站工作的第二年，他的姑父就调任郭河供销站站长，是我的顶头上司。我数年前曾写过一篇文章，专门回忆他的姑父。

未过两年，有临时工、合同工转正的机会，宏永同学得力于他姑父，顺利转为正式职工。但我转不了，因为没有关系，没有人给帮忙，结果一直做了十年合同工后才转正。

记得宏永后来在金牛供销分社的棉布柜卖布时，我在百胜庙的分社也卖布。每次回家时我都去他的门市部看他，在一起聊东聊西，有时他弄个火锅，叫上几人一起喝个小酒。甚至还在他那门市部货架后的住处留宿过。记得他用的洗脸毛巾有浓浓的香皂味，那是他用香皂洗毛巾时留下的。可见他生活还很细致和讲究，虽然从外表上看他是个粗犷豪放之人。

二十世纪八十年代初，宏永同学当了金牛供销社主任，当然这与他的工作能力和努力分不开，但多少也与他姑父的亲家此时任县供销社主任有点关系。与此同时，我也在县城的城关供销社任主任，所以我们又成了级别相同的同事。

宏永同学工作有魄力，胆子大，按当时的时髦话说是“勇于开拓”。他在担任金牛供销社主任期间，鉴于流通体制的改革放开，使供销社传统经营面临困境，他积极去开拓农副产品收购推销。当时收购油菜籽、蜂蜜、大米等，他带领一帮人做得风生水起，经营很灵活。我当时在城关供销社也仿效他，搞大米等农产品收购推销。但我的魄力和吃苦耐劳精神都不如他，所以做得没有他好。

也正因为他这方面的长处，几年后他被调到县土产公司当经理。但是宏永同学性格不太好，脾气有点急躁，遇到问题也不是很冷静。而县城工作环境与基层工作千差万别，他不是很适应。加上他这人正直诚实，不会阿谀奉承上级，到他那姑父的亲家从县供销社主任的位置上退休后，他就搞不好与上级的关系了。结果土产公司的经理没干多长时间，他就被免职退下来。后来好多年一直赋闲在家，直到退休。

可能正是多年闲闷，使他的心情忧郁，影响到他的身体。加之工作期间，几乎天天喝酒，他的酒量大，也豪爽，醉酒是常事，严重地摧残了他的身体。

不过除了后来工作上失意、身体有恙外，他的晚年在家庭方面还是很幸福的。老婆贤惠，儿女也比较出色。

他的妻子也是我们同学，从事医生工作。人很不错，性格温柔，待人真诚。记得我有年患病，需要输液治疗，她那时在离我住家地方一两里路的医院上班，她每天步行来我家里给我打针挂水，十几天时间风雨无阻地天天来回跑。虽然已是二十多年前的事，但至今仍然让我难以忘怀。

宏永患病后的几年时间里，全靠妻子对他细致周到的服侍照顾，让他减轻了不少痛苦，提高了患病期间的生活质量。

宏永有一儿一女，大学毕业后，一个在税务部门，一个在电信部门，岗位不错，收入颇丰，也让他省心称心。

宏永走了，我们的老同学、老同事中，又少了一位可以把酒言欢、品茗谈心的朋友，实在让人感叹。谨以此文悼念宏永同学，祝他在天堂安好！

2021.4.7

打篮球的新闻旧事

侄儿小爽打篮球不小心脚扭伤，让他妈愁得不行。不过这小子倒无所谓，因为那场球赢了，他开心得很。

要说爽侄的球技还真是可以。春节时在乡下他爸的工厂里看了他和一帮人打球。无论是运球、传球、带球上篮、跳射投球，他都做得很好。尤其是运球，胯下运球、换手运球均十分灵活。进攻的意识也很强，卡位、突破、扣篮等动作，行云流水，一气呵成，颇有专业球手的范儿。爽侄的个头也高，十五六岁的年龄，已近一米八的高度。只是身体还不够强壮，在与对手争抢、遇到强力夹击时，冲击力较弱。这大概也是他容易受伤的原因吧。否则，以爽侄小小年纪就已有的球技，假以时日，继续磨炼，数年后或许进入 CBA 职业联赛也不是奢望。

说到打篮球，倒让我想起五十年前自己打球的事来。二十世纪六十年代末，因为“文革”无学可上，“造反”之余，我们住在同一街上的同学们，除了打乒乓球就是打篮球。记得家乡小镇的西头有个篮球场。几乎每天下午，我们都会去球场打球。当然，那时没有教练指导，更没有篮球学校或俱乐部之类的东西，只是一群小青年瞎跑乱扔地自己打着玩，所以打球技术根本谈不上。后来下放农村，我所在的公社有不少来自上海和本省、本县的知青，偶尔开会学习，或参加公社的文艺宣传队，大家会抽空到中学或小学的球场上打会篮球。

1972 年年底前两个月，我下放所在的公社组织成立一个篮球队，说是元旦要参加全区组织的篮球比赛。当时的行政区划，县以下设区，区以下是公社，公社下面再到生产大队、生产队。我的家乡是金牛区，当时下设十个公社。我下放在郭河公社。

公社成立的篮球队，基本上是由中小学的体育老师和知青中平时喜欢打篮球的人组成。我入选篮球队是出乎意料，因为我那时个头不高，身体单薄，球技也差。能加入球队的原因，大概主要是要我进去做一些文字宣传工作，因为我当时虽然人在供销社上班，但经常给公社和社直单位写写画画，什么街头标语、学习专栏、会议材料、总结汇报等等。像公社工作中每年的重头事——公社书记在“三干会”（公社、大队、生产队干部会议）上的工作报告，年年都是出自我的手笔。所以，当时公社组织的什么文艺宣传队、大批判小分队，包括这个篮球队，都将我列入其中。自然我在篮球队的主要工作是以文字宣传为主，此外也就是集训时偶尔上场凑个数，当陪练，与主力队员挨不上边，正式比赛没我的份。

区里组织的篮球比赛，正式名称叫“金牛区 1972 年度篮球友谊赛”，完全具有那个时代的特征。那年月提倡“友谊第一、比赛第二”，无论什么体育赛事，都得冠名“友谊”。虽然到了赛场上依然是你死我活，丝毫不让。

当年比赛是采用循环赛还是淘汰赛制，现在已经记不清楚了，但我们公社的男女球队都没有进入前三名倒是记得很清楚，好像是得了个风格奖。因为回去后，公社领导接见了大家，在一起合影留念。留下一张照片，让我到今天还能回味无穷。

不过，当年参加比赛现在能够回忆的东西实在太少。旧照片上的近三十人，今天还能说得上名字的也不过三五人而已，其余人姓甚名谁都记不清了。

虽然如此,但是当年参加比赛时发生的一桩意外,倒是记得清清楚楚。

在金牛镇上篮球比赛场地的马路对面，有一个公共厕所。那时的厕位既没有冲水马桶，也没有蹲位，就是一个大粪坑。厕所也没有能关的门，一堵墙挡着，中间开个豁口让人进出。金牛中学的一位姓徐的老师，是金牛公社代表队的场外指导。那天下午正在金牛公社代表队参赛时，徐老师一时尿急，跑去上厕所。人站在厕所里，心却在赛场，他一边撒尿，一边扭着头看马路对面赛场上的比赛。大概是自方球队进攻不利，徐老师听到领队和场外队员们大声叫喊，一时心急，忘了自己人在厕所，开口欲叫，身一扭，腿一动，脚一滑，只听“扑通”一声，徐老师竟一下掉进粪坑里去了。

当年这些粪坑式厕所都很大很深，徐老师一掉下去，立即让粪水淹没全身。好在他会游泳，他晃动满头粪水，大声呼救。因为看球赛的人多，要上厕所的人也不少，所以立刻就被人发现，一番喊叫，管理赛事的人员匆忙赶去。我当时在场边不远处，听到乱哄哄的喊叫声也跑过去。进厕所一看，只见徐老师已爬到坑边，上面的几人奋力拉他上来。此时正值寒冬，徐老师冻得直打哆嗦，金牛公社的篮球队中有人拿来一件旧军大衣，三下五除二扒掉徐老师的棉衣棉裤，用大衣将他包裹起来，搀扶着直奔街上的澡堂。

那时的澡堂都是公办，因为有公社领导到场，澡堂的人无奈，只好让徐老师进去清洗。好在抢救及时，徐老师在粪坑待的时间不长，在澡堂一番热水冲洗浸泡后，也没有感冒什么症状，总算没落下什么病。只是“城门失火、殃及池鱼”，这澡堂好一阵时间都没有人愿去洗澡。

2021.4.7

再说当年入党的人和事

昨天是建党一百周年纪念日。这两天朋友圈、同学群中，有五十年党龄、获颁“光荣在党 50 年”纪念章的，纷纷在网上晒镜头，让大家羡慕不已。

我是 1973 年春入党的，离五十周年还差近两年，只能望洋兴叹。羡慕嫉妒之余，也自然而然地想起当年的入党经历。

多年前（好像是 2008 年），我曾为此专门写过一篇文章《我入党的那个年代》，此文已收进拙著的《人生的境界》中。这里要再说几句的，是我当年的两位入党介绍人。因为其中一位是小学校长，恰好老同学中有当年在那所学校任教者，数日前刚在同学群里与我聊起。

我当年下放的农村是祖居地，劳动两年后，到所在公社的供销社工作。那时公社所在地只有几个单位，包括中学、小学、供销社、粮站、食品站，加上公社机关和直属的信用社、拖拉机站、油厂等，总共百来米长的半边街上百十个人而已。

我们供销社和小学门对门，与小学隔壁的油厂一起，在社直党支部里划为一个党小组。组长就是小学的吴校长。吴校长个子小，背后人称“矮校长”。

矮校长虽然个子不高，但人很精明，而且作为小学校长，当年在当地也是颇受人尊敬的“名人”。

我当年入党，一开始倒是挺顺利。我是 1970 年 10 月参加工作，到单位工作后的各方面表现还不错。加上“山中无老虎，猴子称大王”，在单位经常写写画画，也帮助公社和其他单位写些标语墙报和文字材料之类的东西，让别人觉得“孺子可教”，增加了不少“印象分”。所以，参加工作不到一年，党小组和支部就将我列为“入党积极分子”加以培养。

待到递交了入党申请书不久，党组织开始政审。

家父当年在家乡街道的一个工厂里担任副厂长，同时又是镇里的工商联主任。因为工作上的矛盾，街道的支部书记不怎么待见他。这边的党组织去搞政审调查时，那位书记提出一个问题，说是我父亲的二叔也就是我的二爷爷，解放前曾在国民党的政府里任过职，好像担任过“副保长”。

去调查的人回来后，向党支部汇报了情况，支部书记赶忙询问我的两位入党介绍人。当时我的入党介绍人一位就是小学的吴校长，另一位是供销站的莱站长（有关莱站长的情况我曾在另一篇文章中专门写过）。两位介绍人都说未听说过我二爷爷任过伪职的情况，支部书记当即要他们前往我老家所在大队、生产队去调查。

未过几天，他们就前往同在一个公社的我老家所在的生产大队。大队的书记是我本家的一位族叔，大队长姓王，民兵营长则是和我爷爷、二爷爷一个生产小队的。经过询问村里老人和查找档案资料，很快弄清了情况。原来我那二爷爷解放前曾做过很短一段时间的“保干事”，也就是保长的

“秘书”，是个不入流的办事人员，根本不是什么“副保长”，算不得“伪职”。新中国成立后划成分时，二爷爷和我爷爷、三爷爷都被划为“佃中农”，也就是“下中农”。属于苦大仇深的革命者“贫下中农”阶层。

那位校长调查回来后，立即找到我，说是你那二爷爷的历史问题查清了，没有事。这样，我入党政审总算通过了。

那位校长，家住当地离公社所在地不远的村庄。一直从事教育工作，担任小学校长当时已有好几年了。为人谦和实在，在学校和社会上口碑一直很好。

虽然那时他是小学校长，我只是刚参加工作不久的毛头小伙子，但他与我相处，毫无盛气凌人之态，在一起谈心聊天，也绝无官腔官调，而且言语实在，推心置腹，俨然成为忘年交。

倒是那位社直党支部书记，虽然只是公社信用社的普通干部，但很会使用权力，把一个支部书记的职务用得淋漓尽致。我申请入党的过程中，他是隔三差五地找我，要么搞些紧俏商品，要么来搓一顿吃喝，偶尔谈话也是大道理满天飞。与校长相比，除了人高马大，其他方面无法相提并论。

自我二十世纪七十年代中期离开那里后，与那位校长就一直未再见过面。他退休后回老家村里居住，有时也上街，吃个早点或约几位老友小饮几杯。听说几年前他已经去世了，应该享有八十多岁的高寿吧。如果他健在的话，今年的七一他当然也会领取“光荣在党 50 年”的纪念章，佩上绶带，站在党旗下回味平淡而难忘的岁月。只可惜斯人已逝，只能让认识他的亲朋好友们怀念感叹。

2021.7.2

我的老师

今天是“教师节”，不由得让我想起五十多年前教育我的老师们。想到在校求读期间，那些师尊对我们的谆谆教诲；想起“文革”期间老师们受到的冲击、经受的苦难；想起我们一些同学当年在“造反”的狂热下对老师的冒犯、欺辱。一时浮想联翩。

我是属于六六届初中毕业的“老三届”。算是完整地读完了初中，才遇上“文化大革命”。我们读书的那三年，无论是与二十世纪五十年代中后期还是与六十年代末直到八十年代的中学教育相比，都是学校教学质量最高、学生学习氛围最好的。因为从五十年代中期开始，政治运动不断，加上后来的三年困难时期，中小学教育自然深受影响。到我们上初中时，国民经济已恢复健康，政治运动大为减少，学校教育走上正轨，教师勤勉教育，学生勤奋学习，教育体系完善，教育质量很高。而在我们之后一两年入学的学生，不久即遇到“文化大革命”，学业被迫中断。“文革”后直到八十年代末，中小学教育虽然逐步恢复正常，但师资质量、教学质量和教材质量，已远非我们当年可比。大概到了二十世纪九十年代，整个教育体系才算得到健全发展。所以说，我们当年接受的初中教育是非常完整的，也是让我们感到很幸运的。而当年给我们授课的老师们，也大都是具有真才实学，诲人不倦、让人尊敬、让人终生难忘的。

记得教我数学的有一位张国磐老师，当年年龄也就三十多岁吧。他仪表堂堂，按今天的话描述，就是帅呆了。他出身富贵人家，当时的话语是出身“剥削阶级”家庭。其父是当地有名的大地主，解放后被镇压。不过后来到七十年代末“拨乱反正”时，说是当年其父曾掩护过地下党和新四军干部，对革命有功。可惜斯人已逝，家产被分，子女受累却是无法挽回。

国磐老师学识渊博，能说会道，且风趣幽默，与学生平等相处，当年深受同学们欢迎。他授课时深入浅出，还时常插个小故事，将枯燥无味的数学，讲得生动有趣。下课时则常与学生一起玩乐，打乒乓球、打篮球、下象棋，样样精通。尤其是篮球打得特别好，是当年学校篮球队的绝对主力。每当他在球场上打球时，同学们总是蜂拥而至，呐喊助威，而女同学尤甚。

国磐老师谈吐幽默，喜欢开玩笑。当年我个子偏矮，而他身材颀长，有次我问他，怎么才能长得高。他说：“教你个秘方，过年家中不是炸糯米圆子吗？你躲在门角后，吃几个圆子，第二年就会长几个圆子那么高。”我当时信以为真，到过年时狠吃了几个糯米圆子，结果噎得够呛，也未见长高多少。

“文革”初期时，国磐老师挨斗，被罚去做瓦工。这也让他因祸得福。后来他受父亲影响入狱，就是凭瓦工手艺在牢中少受不少苦。出狱后，更是靠此谋生。直到八十年代初被平反，又当上了老师。

也是巧合，国磐老师中年后找个伴侣，与我老舅成为连襟。因此我和他后来也见过两次面。只是距今又是十几年未见了。听说他仍健在，但已患有老年痴呆症。回想当年老师风采，实在让人唏嘘不已！

语文老师中印象深刻的一是金铎老师，一是范恒璞老师。金铎老师书法很好，当时对学生影响很大。不少同学模仿他的字，也因此爱上书法。

范老师知识面广，上课时喜欢引经据典，有时讲些文学故事，引人入胜。记得有次他在讲授作文课时，说到写文章要反复推敲，然后讲了个故事。说是唐代诗人贾岛曾作一首诗，其中两句是："鸟宿池中树，僧推月下门。"过后一想，觉得诗中的"推"字用得不够恰当，想把"推"字改为"敲"字，但一时不知哪个字好，就反复思考。甚至骑驴走在街上还用手反复做着推门和敲门两种动作，让街上行人十分惊讶。后来碰到韩愈，让韩愈帮他参考，才最后把诗句定为"僧敲月下门"。

还有一次，范老师给我们讲学习要刻苦时，又讲了贾岛的另一个故事。说是贾岛写了一首诗《送无可上人》："圭峰霁色新，送此草堂人。麈尾同离寺，蛩鸣暂别亲。独行潭底影，数息树边身。终有烟霞约，天台作近邻。"这首诗写好后，贾岛又加了首注诗《题诗后》："二句三年得，一吟双泪流。知音如不赏？归卧故山秋。"说上面那首诗中有两句"独行潭底影，数息树边身"是苦思了三年才得以吟出的。

范恒璞老师讲的这两个小故事，一直记在我心中，对我后来的学习和工作态度影响甚大。虽然范老师此后一度从政，略沾些官场风气为我所不喜，但当年他的教学水平和治学态度，一直让我崇敬。

有诗云：“相逢一见太匆匆，校内繁花几度红。厚谊常存魂梦里，深恩永志我心中。”无论如何，师恩如海，当年的师生情谊让我永远难忘。衷心地祈祷已经离去的老师在天堂安好！更祝福仍然健在的老师们健康快乐、长命百岁！

2021.9.10

新衣旧忆

快到春节了，因为明年是本命年，儿媳、女儿甚至孙辈们都抢着给我买红衣服，从外衣、内衣到短裤、袜子等买了一大堆。虽然我并不迷信，但过新年穿新衣总是一件开心的事情。这也算是过年的仪式之一吧！就像有句话说的：“糖瓜祭灶，新年来到，姑娘要花，小子要炮，老头儿要顶新毡帽。”我这古稀老头自然也要过年换件新衣、本命年穿个一身红。

说到过年穿新衣，让我想起几十年前的往事。那时国贫家穷，平时缺吃少穿，只有到过年时，才能弄到点好吃的、换件新衣服。这里不说过年吃什么，只说穿什么。

二十世纪五十年代末六十年代初，正值三年困难时期，那时到过年时，我和妹妹们盼的就是一双新鞋，新衣是不奢望的。母亲很早就开始“纳鞋底”，就是把旧衣服剪开，一层层地粘到一起，用针锥子一针一针地穿纳，所谓“棉布填千层，麻线扎千针”。可以这样说，那时候的过年，就是在香油灯下听母亲纳鞋底的声音等来的。

到了三十晚上，年饭还未开始，大家就充满期待地等待着母亲发新鞋。虽然穿新鞋时要费吃奶的力气去拔鞋，甚至用上鞋拔子才能勉强穿得上，脚趾挤在僵硬的新鞋里难受得不行，但大家还是高兴得不得了，巴不得除夕夜赶快过去，年初一赶紧到来，好穿着新鞋去左邻右舍，到同伴们那里显摆一番，比试一下谁家的奶奶、外婆或妈妈做的新鞋好看。

到了六十年代中期，过年时就不止穿新鞋，新衣服也有了。那时买布凭布票，虽然一年一个人领不到多少，但一家人领的布票，都留到过年时给老人孩子买棉布做新衣，所以过年时能穿上至少一件新上衣。再到七十年代初，我那时到供销社做了一名合同工，有两三年时间在卖布的柜台当营业员，这就有了“以权谋私”的机会。那时卖的布，每匹布有一块土布包装，称为“包皮布”。这包皮布是不需要布票的，只是作价八毛钱一个。卖布的营业员自然是“近水楼台先得月”。所以，每到年前，我总会带几块包皮布回家，让母亲拿颜料一染，剪裁出来给弟妹们做衣服。这样每年春节一家老小就都有新衣服穿了。

不过这也让邻居们眼红，甚至羡慕妒忌恨。当然也有让人讥笑的时候。比如拿布头拼的衣服，就一段一段的颜色不一样。因为那时卖布，一匹布卖到不足五寸宽的时候，就不需要布票了，所以这些“布头子”营业员可以留下来先自己买。但这么窄的布条，只能几条拼一起才能做一件衣服，因此做出来的衣服上下左右颜色不同、质地不同。更有让人可笑的，是那时进口日本的尿素，包装袋是尼龙布。我后来转去生产资料门市部卖化肥农药时，就留下这些尿素包装袋带回家给家人做衣服。这尼龙布包装袋质量倒是不错，做出衣服既柔软细腻又结实耐穿，但上面印的字难以洗掉。穿上身后，在阳光照射下还能依稀看到上面印的字样，有时会被人看到开玩笑。现在时代不同了，大家的新衣服很多，后辈们可能也不知道当年这些穿新衣的故事了。

2022.1.26

老家

我的老家，也就是祖居的地方，叫“五房”。为何叫这地名？那是因为我的高祖在兄弟五人中排行第五，来到这里落地安家，后来人口繁衍，此处逐步成为小村落，“五房”就变成了地名。

五房村子不大，数十户人家。我的祖父三兄弟住在村西，原来前后三排房，后来子孙越来越多，房子也就越盖越多。不过许多年都是土墙草房，直到二十世纪八十年代末、九十年代初才出现砖墙瓦顶的房。村东头住的几户也是宗家，不过在宗亲关系上离得较远，但大多也在“五服”之内（所谓“五服”，指高祖父、曾祖父、祖父、父亲、自身这五代之内的宗亲关系）。整个村子的外姓人家只有两户，一户姓赵，一户姓宫。其中姓宫的，也是亲戚，我称高于我这辈的宫姓人为“表叔”，好像他的母亲是我宗家姑奶。那位表叔曾经在马鞍山做过工人，后来因为太穷且一个人在外地，孤独无依，在二十世纪六十年代初的三年困难时期后，跑回来找到我父亲，帮助他在五房村盖一间小草房安居下来。当然，房子盖在村西。后来与村东头一位我的宗家姑姑辈女人结婚，生儿育女，算是延续了宫家香火。表叔因病去世后，那位我按宗族称为“大姥”的表婶，辛辛苦苦，省吃俭用，拉扯大几个子女，还在村里盖起了第一栋二层小楼。尽管这位“大姥”平时穿着邋遢，让人敬而远之，但她辛苦一生，很不容易。姓赵的一户，在亲缘上与我们家族没有关系，算是村里真正的“外人”。也正因为如此，赵姓一家平时在村里很低调，什么人也不得罪。尤其是村东和村西闹矛盾时，他们总是置身事外，从不过问，唯恐引火上身。连住房也住在村子中间，不东不西。不过那位赵大伯，人挺和善，也有点文化。我当年下放回老家在村里劳动和生活时，总感觉他不是一位粗俗的老农，倒好像是书中常看到的乡村老学究。

当年是生产队，村里人一起劳动挣工分，生产生活上联系紧密，矛盾也就很多。什么劳务安排、农活分配、工分评值、年终分配等，村里经常发生争吵。尤其是村东村西，自然分成两派，今天争队长、会计人选，明天吵分配不公，时常闹得不可开交。虽然当年村里穷得叮当响，一个工分值只有九分钱，但照样在一起争权夺利。

举一个小例子。有年冬天，大队派发修干渠的任务，要生产队派几个人出工。那时冬季经常组织兴修水利。在本村要做的就是整修水塘，那是本生产队的活，劳动力都要上。去外地的，要么修水库，要么是挖从水库引水的水渠，那都是大工程，得县里和公社组织，安排各个生产大队、生产小队出劳力。那次也是村生产队按上面要求安排几个劳力出去挖干渠。本来这大冬天的，天寒地冻，谁想外出去挨冻受累？但当年缺吃少穿，到冬天时，几乎家家只吃两顿，早上一餐，下午三四点再吃一顿，太阳一落山就睡大觉了。就这两餐，也多是早上稀饭加山芋，中饭兼晚饭是一点大米加山芋干。而外出挖干渠，吃饭由生产队包着。尤其是中饭，按一人一升米（两斤）煮饭，至少这一餐，干饭能吃饱肚子，你说这样的好事，谁不抢着去？结果为派谁去出工，闹得不可开交。不仅村东村西两边吵闹不休，就是各家的兄弟、叔侄之间，谁去出工也争得面红耳赤，甚至大打出手。

当然，小村里也有和谐快乐的时光。每有喜事，如哪家儿子结婚、女儿出嫁，哪家生孩子，哪家新屋上梁、乔迁新居，或者逢年过节等等，这时候，什么村东村西的宗派之争、生产队里的利益之争、这户那家的邻里之争都会放到一边，整个村子都是同心协力，热热闹闹地忙着办喜事，笑语欢声洋溢着整个村庄。

老家的村子当年很贫穷，村里有不少“寡汉”——就是光棍。住在村中间的老兄弟三人，只有老大结婚生了几个孩子。老三一辈子光棍，老二曾经娶了一个盲人，后来盲人老伴死了，也就独居。老大家几个孩子，大的一直单着，二儿子因为当兵，才娶了媳妇，几年后因病去世，这媳妇转嫁给老三，总算家里始终有个兄弟不打光棍。村东有族叔兄弟俩，一直打光棍，后来老大娶了一位貌美如花的老婆，当时村里的小伙子们人人羡慕妒忌恨。可惜未过两年，那位美貌的媳妇因嫌家贫离家出走，再也没有回来。两兄弟又依旧都是单身汉，直到晚年，两人先后住进了村养老院。

前几年，由于年轻人都出去打工，村里只剩下老人和孩子，偶尔我们回到村里看看，一片冷清，村头路边杂草丛生。但总算还能见到几位老人，看到村里依然保留的老房，让我还能睹物思人，与尚健在的乡亲们一起回忆当年在这里的生活经历，回味那些酸甜苦辣的过往。去年因为政府要建设所谓“南部新城”，这一片周围好几十平方公里内的村庄全部被拆除。我的老家——祖居地，只剩下一片瓦砾。

老家，就这样烟消云散，如同那些已经逝去的前辈一样。席慕蓉说：故乡的面貌是一种模糊的怅惘，仿佛雾里的挥手别离。如今我的老家则是永远的消失，让我来不及向它挥一挥手。

老家，只剩下田边的衰草萋萋，只丢下塘中的枯荷寂寂，只留下梦中的点点滴滴！

2022.8.25

旧厂房前的思绪

陪老母亲一道去附近车游。到了名为“粥米塘”的水库坝上散步时，突然想起我的姑父当年曾在这附近一个公社碾米厂工作的情景。

一问方知，那个二十世纪六十年代的碾米厂的房子竟然还在。赶忙走过大坝，只见那用树干支撑、墙面裂开、瓦顶破碎、门窗朽烂的一排低矮旧房，像是风烛残年、靠拐杖支撑、弯腰曲背的老人，颤颤巍巍地站在水边，望着那茫茫的天空、静静的水面、远远的对岸，在那里回首过去的岁月。

我的姑父年轻时有点文化，聪明伶俐，性格豪爽，为人处世热情周到，在当地颇有人缘。我记事时，姑父就在当地当个小干部，没有像一般农村人那样下田劳动。记得有年我去姑父家，姑父带我到他所工作的地方——就是这个碾米厂。当年的印象，厂子好大哟！面对粥米塘一湖碧水，房子高耸在塘埂上，很有气派。完全不是今天看到的这么低矮。大概这房子如人一样，老了就缩短了身体吧？

当年这个碾米厂是怎么碾米的，我记不清了。大概不是水动碾米，因为虽然厂房是临水而建，但建在水库坝上，离水面还有一段距离。厂房周围没有水渠，不可能是用水作动力，应该是用柴油机作动力的碾米机碾米。

那年月农民没有自己的土地，都在生产队集体劳动。收割的粮食一大部分交公粮，剩下一部分除了队里储存作为公用，用于兴修水利和参加公社、大队外派劳力时的食粮，其余就分配给社员做口粮。公社碾米碾的稻谷就是这后面两项。数量不大，碾米的活儿不多，所以这碾米厂相对比在生产队劳动要清闲许多。

另一方面，稻谷脱谷后会产生粗糠，而糙米再碾成精米后又有细糠，这粗糠可以用来作燃料或垫床坑等用。细糠作为饲料，养猪、喂鸡鸭必不可少。所以，这两样东西是碾米厂的宝贝，也是碾米厂管理人员手中权力的筹码。不管是社队干部或亲朋好友，想要这两样东西，都得求他们。因此，那年月在公社碾米厂工作是个让人羡慕的职业。碾米厂的负责人，更是比肩公社、大队一二把手的人物。那时姑父正是春风得意的时候，很受乡党们尊重，老酒自然是少不了天天有，也因此养成了爱喝酒的习惯。我刚参加工作时，父亲就叮嘱我："什么时候你姑父去你那，你都要记得搞点酒给他喝。"后来，姑父壮年早逝，与饮酒多少也有些关系。

站在碾米厂的旧房前，我沉浸在往事的记忆中。那年那时，就在这里，姑父指点山水，笑谈工作的得失、生活的苦乐，音容笑貌宛如就在眼前。如今，斯人早去，旧屋尚存，水库依旧，两岸全非，让我感慨万千。

2022.11.17

寒山寺忆旧

从杭州到苏州，赴寒山寺游玩中想起三十多年前的往事。

1986 年我曾经到这里来，那时当然不是旅游。

说来话长。我于二十世纪八十年代在家乡庐江县供销社工作。1985 年，我担任庐城供销社负责人。这时候的供销合作社所谓“农村商品流通主渠道”的独家经营地位已经岌岌可危。因为随着改革开放步伐的加快，商品流通领域已经全面放开，供销社面临着个体经济、乡镇企业、国营企业的全面竞争。在这种情况下，我和班子成员协商，准备在县城增设商业网点，摆脱以前供销社只在农村经营的局限，扩大经营范围，争夺城市市场。

1986 年，经多方寻找，购得原城关区政府所在地、解放前曾为金刚寺庙宇的地方，计划修建一处综合性商场。

考虑到增强市场竞争力和经营影响力，当时想在这里建一座仿古建筑，以别于当时城内商场千篇一律的建筑风格和形象。我找到县建筑设计所的顾所长，告诉他我的想法。那位老乡所长很支持，帮助我翻找各种古建筑资料。最后看到河北承德避暑山庄的烟雨楼，我很中意，便决定以这个图案为参考，建造一幢仿古建筑。后来得知避暑山庄的烟雨楼是仿自浙江嘉兴南湖的烟雨楼。

建筑风格确定后，便谈到具体设计和施工。但那位顾所长告诉我，在那时当地还没有能建设这类古建筑的建筑队伍。

到哪去找能承担这种风格的古建筑施工队伍呢？皖南一带的古建筑和施工队伍虽多，但徽派建筑与烟雨楼的风格迥异。与顾所长反复探讨后，我们想到苏州。那里自古以来，名园众多，各种古建筑数不胜数，一定有很多具备古建筑资质的建筑队伍。就这样，我和顾所长，还有我的一位助手一起，来到苏州。

在苏州转了两天，不知何处寻找合适的建筑队伍。那天恰是周末，我考虑到设计所的顾所长是我们请来的，既然到了苏州，名闻天下的苏州名园总得陪他去看一两个。所以就来到寒山寺。

当年的寒山寺相对原始古朴一点，没有像今天在周围增加这么多建筑物，并有所谓“枫桥景区”环绕四周。

进入寒山寺闲逛中，看到一处正在修建的古建筑，名为“寒山拾得殿”。简称“寒拾殿”。这个殿供奉的是寒山、拾得。

说起这两位高僧，不妨略谈几句。有一段流传他们两位的对答故事，非常精彩和玄妙，内容如下。

寒山问曰：世间谤我、欺我、辱我、笑我、轻我、贱我、恶我、骗我，该如何处之乎？

拾得答曰：只需忍他、让他、由他、避他、耐他、敬他、不要理他，再待几年，你且看他。

再说回到我当年游此遇到的人和事。

当时看到这古建筑大殿正在翻建中，我就询问在场施工的工人，问他们是什么建筑队伍，有人告诉我，他们是吴县第三建筑公司，现场施工的负责人也姓顾。我便请他们喊来那位顾队长，简单告知我们的来意，并询问他们的资质、施工队伍状况和过往建筑工程的概况。

几经商谈后，我们邀请他带设计和施工技术人员去庐江，现场勘察，按烟雨楼的外形、结构，与设计所的设计人员沟通交流设计施工方案。数日后，那位顾队长便和我们一起去庐江。经过一段时间的场地测绘、图纸设计、合同签订等等紧张工作后，那位顾队长带领的吴县三建的人员开始进场施工。

不到一年时间，当地县城的第一座仿古建筑——金刚寺商场建成，并于 1987 年 10 月 1 日开始营业，一时轰动全城。

我曾专门写过一篇文章《烟雨楼金刚寺》，详细介绍过这件事。今天又到寒山寺，站在寒拾殿前，不禁让我又忆及往事。时间已过去快四十年，我早已年过古稀，垂垂老矣。而当年建造的金刚寺商场也历经风雨。

往事已随风而去，只有枫桥夜泊的诗境依然，寒山寺的钟声依旧。正所谓：

江边尚说寒山寺，城外犹听半夜钟。
溪水自流人自老，渔歌长伴月明中。

2023.4.19

古法造纸的传承与记忆

几年前说到贵州旅游，大概很少有人知道那里还有丹寨这个地方。但如今“度假到丹寨”这句话几乎无人不知。“云上丹寨”更是贵州旅游的一张崭新名片。

之所以一朝声名远扬，与丹寨万达小镇有莫大关系。如果说丹寨万达小镇爆红之前，丹寨是藏在深山人不知的睡美人，那么丹寨万达小镇的开发，则唤醒了这座小县城。

万达小镇所在地，原来就是东湖的一片荒芜之地，是万达集团将此作为扶贫项目打造出来的，所谓“扶贫到丹寨”。经过三年的精心打造、包装宣传、网络推广，丹寨万达小镇已经成为特色文旅小镇样本、网红小镇、具备品牌价值的旅游景点。

虽然这里是人造景点，但将当地特有的国家非物质文化遗产项目引进来，形成独具特色的旅游场所。小镇上的蜡染、古法造纸、鸟笼制作和锦鸡舞等文化遗产项目应有尽有，让游客一天之内就能领略到当地所有传统文化的底蕴。

当然，这里的非物质文化遗产项目只是仿制，如同这个苗桐风味的小镇一样。我自然不会“受骗上当”，止步于此。所以行前在这里就只订一晚酒店，只是把它作为短暂停留之处，次日就深入丹寨的山野之中，去寻找网红新锐之外丹寨的少数民族传统韵味和历史价值。

丹寨的几个国家非物质文化遗产散落在周边方圆几十公里的村寨中，山路崎岖，蜿蜒曲折，被称为“云上之路”。比如锦鸡舞故乡的麻鸟苗寨，从丹寨县城开车过去，至少也得三个小时。而且是行驶在大山之间，山高路险，迂回颠簸，让人望而生畏，我只好放弃前往。当然，离麻鸟不远的以百鸟衣和古瓢琴舞闻名的送陇苗寨也就忍痛放弃探访了。

但是丹寨有一个此行我非去不可的地方，那就是以古法造纸成为国家非物质文化遗产保护名录的石桥村。

之所以一定要去这里，是因为家父在二十世纪五十年代末，曾经办过造纸厂。当时也是土法造纸，用树皮、稻草作原料，通过泡、煮、洗、晒、榨、焙等工序，造出各种纸张。虽然我当年只有十岁左右，但父亲办造纸厂的辛劳，我至今仍有很深的印象。况且父母亲一辈子从事的都是与纸相关的工作，造纸、刷纸、印纸。所以对纸我真的有着与生俱来的亲近感。此次到贵州第一站就到丹寨的很大因素，就是因为要来看一看当地的古法造纸。因此还专门订了石桥村的“纸居民宿”住宿一晚，来仔细体味古法造纸的传统技艺，领略造纸工坊的独特魅力，遥想父辈当年投身造纸的艰辛历程。

我们先去大岩脚古法造纸遗址，此处是省级文物重点保护单位，是古代遗存下来的传统生产古纸作坊。石壁宽百米，高达八十米。石壁前倾，遮风避雨，是极好的天然厂房；而岩内有清澈的泉水，是造纸最好的资源。

在这里看到了匠人们正在漂染红纸，头脑里闪过父母亲当年刷制红纸时的辛苦忙碌身影。

石桥造的纸是所谓“皮纸”，就是用桑皮、山桠皮等韧皮纤维为原料制成的纸。这是中国古代图书典籍的用纸之一，据说隋唐五代时的书就开始使用皮纸，宋以后的图书典籍中，皮纸是使用最多的纸类之一。在中国大部分造纸地区，古法皮纸生产技艺早已失传，而在这里能继续传承下来，实在是难得。实际上当年家父用树皮造出来的纸也就是皮纸。只不过，那时远赴金寨山区采购树皮的成本远高于在造纸厂附近乡下收购的稻草，所以后来大多使用稻草掺入树皮等，造出来纸的质量离真正的“皮纸”就远了。

在大岩脚古法造纸展示中心参观时得知，流经石桥村石壁下的南皋河的水呈弱碱性，用它生产出来的纸具有超强的防腐特性。不仅如此，这里还有一处位于深度超过 2000 米的喀斯特溶洞里的造纸工坊——“古法造纸穿洞基地”，这里造的纸被国家图书馆、国家博物馆指定为文物古籍修复纸。因为它能保存 1500 年。这样的纸岂止神奇，而且是价值连城了。正如一首古诗所赞：“塞溪浸楮春夜月，敲冰举帘匀割脂。焙乾坚滑若铺玉，一幅百金曾不疑。”

致敬这些传承古法造纸的匠人！致敬我的父辈！

2020.10.27

叹为观止大鼓书

日前在山海关旅游时，有天傍晚在街头闲逛中发现一家说书馆，我和老伴赶忙走进去想听听久违的说书声。

说书馆设在福寿茶园里面。还未进入，茶园的人说，现在没有，明天上午来吧。

第二天上午因为去孟姜女庙看那副“天下第一奇联”，到下午才去说书馆。

馆内长厅有一舞台，台下数十排长椅。后面有略小一点的房屋里掩着门，说是有客人包场。伸头从门窗看里面，只见七八个听众坐在下面，上面一把椅子上坐一位胖子，正在那口沫横飞地说着吴三桂与陈圆圆的故事。未听几句，老伴扭头就走，说：“这什么说书？哪里有夏胯子说得精彩！”

老伴说的“夏胯子”，是家乡多年前一位说书人。腿有点跛，家乡称跛腿的人作“胯子”（这个“胯”，在这里念音是 kuǎ）。久而久之，其大名反而街坊都不知道了，都只称他“夏胯子”。这样称呼在外人看来是不尊重他，有点歧视残疾人的味儿，但在街坊邻居眼里，这样称呼并非歧视。家乡人称北方人高马大者也叫“北方老胯”。

胯子大叔说的是家乡的大鼓书，和山海关那种说评书一样的“说书”不同。也和京韵大鼓不同，京韵大鼓的道具除了鼓、板外，还有三弦，四胡等，而大鼓书只有一面小鼓和三块小夹板。

据说这个鼓和板的道具还有说法：三块夹板，寓意桃园三结义；鼓上有鼓钉一百零八颗，象征水浒一百零八将；鼓架六根竹棍三个脚，意为杨六郎把守三关。说起书，要敲鼓击板，根据书中情节，有时敲鼓边、有时击鼓心，有时鼓板配合，有时单击鼓或单打板，抑扬顿挫、声情并茂。

记得我正读小学四五年级的时候，经常在周五散学后，跑到胯子大叔的书场听说书。那时书场设在老街南头，大约只有学校教室一半大，去迟了的观众，就站在门外窗外听。说的内容大体就是《七侠五义》《隋唐演义》《杨家将》等等。那时街上的青少年对夏胯子非常崇拜，如同今天的小青年崇拜那些歌星一样。而胯子大叔当年也就凭说大鼓书成了地方名人，乡邻中好多人听书成瘾，哪天不去听好像丢了魂似的。我那时因为七岁就上小学，父亲怕我跟不上，劝我在小学五年级多留一年，这下正好，我经常旷课溜去听夏胯子说大鼓书，也不怕学习成绩跟不上，留级呗。正合老父心意，我还过了听大鼓书的瘾，岂不两全其美？老伴当年虽不如我那般入迷，但也听过不少次大鼓书。况且胯子大叔不仅说大鼓书精彩，而且除了腿跛，五官端正，身材修长，站在台上玉树临风。难怪对山海关那位说书人，老伴听不了几句就拜拜了。

出说书馆时，才发现墙上有宣传栏，说山海关说书属于非遗项目。家乡的大鼓书恐已失传，夏胯子的大鼓书只能留在乡亲们的记忆中了！

胯子大叔如今已不在世，他老人家当年说的大鼓书，放在今天，应该也会列入非遗传承项目。至少在我和老伴的心中，家乡的大鼓书比山海关说书好听多了。

昔日读《老残游记》，有“明湖居听书”一段：

> 忽羯鼓一声，歌喉遽发，字字清脆，声声婉转，如新莺出谷，乳燕归巢……或缓或急，忽高忽低；其中转腔换调之处，百变不穷，觉一切歌曲腔调俱出其下，以为观止矣。

老家的大鼓书，就是这样的精彩，让人叹为观止、永远难忘！

2024.5.29

二、读书为本

腹有诗书气自华

近日随着电影《无双》中发哥的出色表现，有人挖出当年拍《让子弹飞》时，姜文致周润发和葛优的两封信。一时评论众多，既为三人的友情感叹，更欣赏姜文的文采。有人笑言，以前总以为那些明星们都是“只有一副好皮囊，腹内原来是草莽”，却不料也有一肚子墨水的。

细读姜文的两封信，确实有些文采，绝非一般人所能为。仅以其两封信的各自最后一段为例，就可以看出姜文的文化底蕴颇为深厚。

致发哥信的最后一段：

“早春二月，岭南草长；杂花生树，群鸥竞飞。适此惠风和畅之日，诚邀阁下共成美事。书不尽言，晤面详之。”

致葛优信的最后一段：

“呦呦鹿鸣，食野之苹，悠悠我心，青青子衿。恰逢瑞雪初春，恕愚弟威逼利诱。皆因爱之心切，盼之心痒。江东渭北，春树暮云。书不尽言，见面详之。”

多年前我读郑振铎《插图本中国文学史》，在上面看到南朝丘迟的《与陈伯之书》，其中“暮春三月，江南草长，杂花生树，群莺乱飞”的句子至今难忘。姜文的这段话应该是从这句古语中引发而来。

至于“惠风和畅”，是出于王羲之的《兰亭集序》：“是日也，天朗气清，惠风和畅。仰观宇宙之大，俯察品类之盛，所以游目骋怀，足以极视听之娱，信可乐也。”

写给葛优信中之“呦呦鹿鸣，食野之苹，悠悠我心，青青子衿”句，则出于曹孟德的《短歌行》：“青青子衿，悠悠我心。但为君故，沉吟至今。呦呦鹿鸣，食野之苹。我有嘉宾，鼓瑟吹笙。”

而“江东渭北，春树暮云”的话，又是源自杜甫《春日忆李白》诗：“渭北春天树，江东日暮云。”我多年前写过一首《故土》的小诗，也曾套用过这一句：

“……只有那永远的故土、永远的乡情，永远的河畔春天树、山间日暮云，不变赤子心！”

说到这里，大家可以看出姜文的文化水准了。可见，演员明星们也要有一定的文化水平，否则，无论是演技、做人，都不可能成为楷模。

所谓“腹有诗书气自华”。姜文的电影总是有出色之处，姜文在表演中的“霸气”为人称道，这一切与他的文化底蕴是分不开的。

2018.10.12

俗与雅

读报中见到引用宋人黄庭坚的一句话：“士生于世可以百为，唯不可以俗，俗便无药医也”。看了颇不以为然，因为我辈就是俗人，不“俗”还能如何？升斗小民，俗乃常态，何需药医？如自视不俗，以为高人一等，倒真是无药可救了。

黄庭坚的那句话出自他的《书缯卷后》一文：“士大夫处世可百为，唯不可俗，俗便不可医也。或问不俗之状。老夫曰：难言也。视其平居无以异于俗人，临大事而不可夺，此不俗人也。”意思是说，一个人处世做什么都可以，就是不能俗，俗了便无药可医。什么是不俗呢？还真不好说，看他平时与普通人无异，然而临大事的时候，他的气节却不可剥夺，这就是不俗之人。

这里可以看出他认为的“不俗”，也只是“临大事”时，才能显示出来，就是所谓“气节”。而平时的俗与不俗他也觉得“难言”。可见，俗是人之常态。之于“临大事而不可夺”，有点像“共产党员危急关头让我上”的意思。不过当今和平时代，难有考验气节的大事发生，所以，我们只能俗不可改了。

说到这里，让我想起曾经看过的一篇奇文：《医俗亭记》，是明人吴宽所写。文章说他年轻时患有俗病，经过各种治疗都没有效果，后来听到人读苏东坡的《于潜僧绿筠轩》诗："无肉令人瘦，无竹令人俗。人瘦尚可肥，士俗不可医。"他想，原来"士俗坐无竹耳。使有竹，安知其俗之不可医哉？"就在住所四周广栽竹，待竹子长成后，"构小亭其中。食饮于是，坐卧于是，啸歌于是，起而行于是，倚而息于是。倾耳注目，举手投足，无不在于是。"就这样在竹林中生活数年，"俗"病"十已去二三矣。其体飘然轻举。其意释然而无累。其心充然而有得哉。"

你看，这俗病并非无药可医，而且简单得很呢！跑到竹林中生活即可。看来普通人的闲淡生活，看似俗却并非俗。倒是求名求利，追求高人一等生活的人反而是俗病缠身。《医俗亭记》文章的结尾说："明年，余将北去京师。京师地不宜竹，余恐去竹日远而病复作也。"离开乡下、远离自然，跑到皇帝老子的身边"京师"去，那俗病自然又要发作了。所以我等虽凡夫俗子，过着平凡生活，但淡泊名利，寄情山水，亦为不俗之辈。

再说回到黄庭坚，此公虽有"俗便无药医"之语，但他在论诗时却主张"以故为新，以俗为雅"。他在《再次韵杨明叔序》中说："盖以俗为雅，以故为新，百战百胜，如孙吴兵法。"主张写诗要雅俗共存。所谓"俗里光尘合，胸中泾渭分"是也。

黄庭坚甚至还曾笑言："诗者，矢也，上则为诗下则矢。"同样的说法，苏东坡曾有一诗："半醒半醉问诸黎，竹刺藤梢步步迷。但寻牛矢觅归路，家在牛栏西复西。"将牛屎也写进诗中，但是并没有让人感到俗不可耐，反而有一种真实的生活气息扑面而来。

可见雅俗原来就是一体的，俗中有雅，雅里藏俗。就像经济基础与上层建筑，两者密不可分。世俗之人，照样有高尚的情操雅致的生活。而所谓高贵之人，其思想行为倒是常有俗不可耐之处。

2018.10.19

我念金庸

一代武侠小说宗师金庸先生走了，让无数“金迷”唏嘘不已。我虽不是“金迷”，但当年同样是他武侠小说的痴迷读者和崇拜者。

我曾写过一篇短文《遥想当年看射雕》，从中可以看出我对金庸武侠小说的痴迷。文中有一段这样的文字：

“在看电视《射雕英雄传》之前，实际上我已看过小说。不过看的是在杂志上连载的，而且不是全书。记得好像是在一本名为《武林》的杂志连载的。看了电视后，到处去找《射雕英雄传》这本书。后来在一位同事那里发现单行本，也是像杂志那么大的书。拿回来一夜通宵把它看完，又还给同事继续看。过段时间后，才买到一本正式出版的书，又认真仔细地看了一遍。此后三十多年里，至少又看过三四回这本书。正所谓：《射雕》一直在，几度夕阳红。”

不仅看《射雕英雄传》，二十世纪八十年代在大陆出版的几乎所有的金庸先生的武侠小说我都曾看过。所谓“飞雪连天射白鹿，笑书神侠倚碧鸳”，金庸的这十四部武侠小说全都阅读过，有的书还不止看一遍。

当年看武侠小说，大都是在小书摊上租借，也有从同事处互相借阅的。记得 1981 年刚调到庐江县城工作时，月工资只有四十一块五，实在买不起书，只能租书看。那时住在城南，当时南门一带少有书摊，好像只有一家租书的小店，书不多，仅有的几本武侠小说很抢手，想租也很难租到。只有在下午下班或晚饭后去看有没有退租的。有时也跑远点去东门大戏院旁和城中电影院旁的小书店去寻找。只要看到没有看过的武侠小说，就借来起早贪黑地看。好在我那时看书速度快，一本书一两天就能看完。所以看了很多金庸的武侠小说。当然梁羽生、古龙的作品也看，但看得最多的还是金庸的。

说到金庸小说中印象最深的不仅仅是故事情节，其中许多诗词也让我非常喜爱。除了书中引用的许多唐诗宋词让我或重温或新读，受益良多，金庸为书中人物而作的诗词也吸引我反复咏诵。比如他分别为几位女性角色写的诗：

写李莫愁的，“于多情处最无情，荣辱轻馀生死轻。寂寞春归空观冷，清风独扫乱花平。”

写岳灵珊的，“漫唱采茶觉已迟，犹怜深信未相欺。世间多少痴情女，伤尽男儿不自知。”

写公孙绿萼的，“倦世何由惜此身，杨郎履下漫多尘。人间自有花如雨，妾是花中第几人？”

写香香公主的，“万骑却回千骑分，将军无计御香尘。世间一死宁无惧？君为家山我为君。”

写陈圆圆的，“风中弱絮荡轻盈，赢得世间倾国名。昨日江山今夜月，琵琶一曲唱生平。”

写霍青桐的，“百战军中最从容，掩映黄衫骑万重。苍天总为红颜妒，不教翠羽遇萧峰。”

写阿九的，“不是人间凡种花，相思偶染漫天涯。缁衣消尽千山月，却向江心忆晚霞。”

写华筝的“单于猎火照天烧，间关万里汉家遥。木兰梦断少年月，秋日平原好射雕。”

真是一人一面，刻画入微。让人见诗知人，回味无穷。

曾看过一首《沁园春·读金庸》的词：

千古苍凉，骨透罡风，血卷残阳。问春花一落，楼空几载；秋波万顷，心系何方。冷剑飘零，温琴寂寞，酒醒三更闻虎狼。邀明月，作终宵痛饮，情渴如狂。寻芳不过横塘，任啼血刀头余暗香。看乾坤九转，英雄玉碎；屠龙技短，报国书长。鸿爪无痕，佛颜似铁，独坐幽篁疗旧创。箫声起，有金蛇款舞，满地银霜。

我今思念金庸和他的武侠小说，心中却咏不出诗词，只能感叹一句：从此大侠成记忆，金庸之后无江湖。

2018.10.31

远山长 云山乱 晓山青

昨读一文，言及黄公望当年八十多岁行走于富春江上，沉醉于山水之中，画出千古佳作《富春山居图》。说当此时也，正是元末群雄并起，争夺天下之时。朱元璋、张士诚等揭竿而起，逐鹿中原。一时战火纷飞，狼烟四起。而黄公望则独行于富春江上，他将有没有“远山长、云山乱、晓山青”看得比朝代兴亡、君臣一梦更重要。因此成就了一幅传世名画，更表现了一种让后人传颂的生命态度。

说到“远山长、云山乱、晓山青”，让我想起多年前读过的这首苏轼《行香子·过七里濑》词：

一叶舟轻。双桨鸿惊。
水天清，影湛波平。
鱼翻藻鉴，鹭点烟汀。
过沙溪急，霜溪冷，月溪明。
重重似画，曲曲如屏。

算当年，虚老严陵。
君臣一梦，今古空名。
但远山长，云山乱，晓山青。

张潮在其《幽梦影》中说过这样的话：“少年读书如隙中窥月，中年读书如庭中望月，老年读书如台上玩月”。读诗词也是如此。第一次读到苏轼这首词，我只沉醉词中描写的流动闪烁、如诗如画的水光山色：“水天清，影湛波平。鱼翻藻鉴，鹭点烟汀。”“重重似画，曲曲如屏”……。今日看了上述文章，翻开该词重读，才知当年年轻时读此词只不过是“隙中窥月”，不知其中之妙。而今年迈，“台上玩月”，方悟该词在对大自然美景的赞叹中，寄寓了因缘自适、看透名利、返璞归真的人生态度。看“君臣一梦，今古空名。但远山长，云山乱，晓山青”之句，隽永含蓄，韵味无穷。让人感慨人生，沉思历史，淡泊名利，寄情山水。

说到这里，又让我想到有的老朋友、老同学，或看不惯时下种种社会问题，常发愤世之言；或感叹自己怀才不遇、人生坎坷，频作怨恨之语。我想他们也当品读苏东坡之词，回望黄公望之行，淡古今之名，去荣辱之心。修身养性，颐养天年。我等年近古稀之人，但见“远山长、云山乱、晓山青”，人生足矣。余皆不足道也。

2018.11.17

春花如梦里，青山野烟消

闲读小说《北鸢》，看到文中有清人龚鼎孳的一副对联：

大千秋声在眉头，看遍翠暖珠香，重游瞻部；五万春花如梦里，记得丁歌甲舞，曾睡昆仑。

这副对联据说是当年龚在北京一座戏楼所题。

说到龚鼎孳，此人因“闯来则降闯，满来则降满”，失节丧操，让时人非议。但他也有“穷交则倾囊橐以恤之，知己则出气力以授之”的名声。又由于他富有才气，博学洽闻，诗文并工，因此，在文人中声望很高，被列为明末清初的“江左三大家”之一，与江南的钱谦益、吴伟业齐名。

龚为合肥人，算是我的前辈老乡。据说龚家住在合肥的龚大塘，其出口处就是现在的永红路。而合肥有名的稻香楼，原先就是龚家的。清朝初年，龚鼎孳的弟弟龚鼎孠从浙江仙居知县退归后，在合肥建稻香、水明二楼。不久，时任礼部尚书的龚鼎孳曾携如夫人顾眉回合肥，住在稻香楼，与地方文儒互有唱和。

说到其如夫人顾眉，更是一段才子佳人的故事。

顾眉，字眉生，秦淮名妓，人称“横波夫人”，与柳如是、马湘兰、陈圆圆、寇白门、卞玉京、李香君、董小宛并称“秦淮八艳”。龚鼎孳二十岁中进士，外放到蕲水做县令。那一年他北上过金陵，登眉楼与顾横波一见倾心。这位横波夫人不仅貌美，而且工诗词，画兰花，诗风清丽幽婉，画亦著名，有《柳花阁集》。龚鼎孳则诗词画俱佳。其诗风多受杜甫影响，作诗情感深厚，于婉丽中亦多寓兴亡之感，吴梅村说“其恻怛真挚，见之篇什者，百世下读之应为感动”。而其词作早年以“艳宗”为风尚，继而“绮忏”，晚年成于“豪放”，以意象绵密、着意锻炼、好用拟人、善于和韵为主要风貌，在清词史上独具特色，是清初词坛的主持者之一，而且影响颇大。

现今很受年轻人追捧的清人词家纳兰性德（字容若），有篇《浣溪沙》词作：

西郊冯氏园看海棠，因忆《香严词》有感。

谁道飘零不可怜，旧游时节好花天。断肠人去自经年。

一片晕红才著雨，几丝柔绿乍和烟。倩魂销尽夕阳前。

词首所忆的《香严词》，就是龚鼎孳词集《香严斋存稿》简称，后刊定为《定山堂诗余》。西郊冯氏园原址在今北京广安门外小屯。每逢园内海棠开放，龚鼎孳就携亲友前去赏花，曾作《菩萨蛮·同韶九西郊冯氏园看海棠》词：

年年岁岁花间坐，今来却向花间卧。卧倚璧人肩，人花并可怜。轻阴风日好，蕊吐红珠小。醉插帽檐斜，更怜人胜花。

康熙十二年龚鼎孳去世。康熙十三年春，容若重游冯氏园，即仿龚词风格作上词，写海棠之美，令人流连，兼及故人之思。据说当年纳兰容若最敬佩两个人，其中之一就是龚鼎孳，可见龚对当时文坛影响之大。

若论文学地位，在咱合肥的历史上，恐怕超过龚鼎孳的不多。按理说，龚之故居地留些纪念的东西也是应该的。可能是他气节沦丧之累吧？现今的合肥，龚及其家族的史迹全无。而同为合肥老乡的李鸿章，则其故居被保留完好。虽然李也有“卖国”之嫌，但后世之名已与龚有天壤之别了。

还是借用龚鼎孳的一首诗为之感叹吧！

倚槛春愁玉树飘，空江铁锁野烟消。
兴怀何限兰亭感，流水青山送六朝。

2018.11.28

读书为本

大孙女的语文老师发了条微信，说这次语文测试，看出“不少同学连《朝花夕拾》都没有认真读过，非常危险，请家长督促”。这里反映了老师希望学生掌握语文知识的迫切心情，以及对学生课外阅读缺乏兴趣、对传统文化重视不够的担忧。

我问孙女：早给你买过那本书，你不是看过吗？题目答得如何？孙女说，读过，但记不全，只答了一部分。像书中写的阿长、无常、藤野先生几个人和事还记得，其余的忘掉了。也是，《朝花夕拾》里十篇文章，看了也可能记不全。像我当年读这些文章，现在能记得的也只有《从百草园到三味书屋》和《藤野先生》两篇，其余几篇都没有印象了。

但是我们在初中学习时读的课外书,比孙女她们现在读的要多得多。什么“四大名著”、“三言二拍”、唐诗宋词，都基本读过。至于近现代名家名作，当然也看过不少。哪像她们现在连《西游记》还要老师课堂布置，这星期看多少回、下星期看多少回。否则学生自己很少去主动阅读。

为什么现在的孩子课外阅读这么少呢？究其原因，一方面现在老师布置的作业太多，学生放学后没有几个小时根本做不完，晚上做到十点属于常态，甚至写算慢的孩子熬到十一二点还在做作业。至于周末，家长给报了这个那个补习班，时间也安排满满的，孩子哪有时间看课外书？另外一个问题就是网络的祸害，几乎每个学生都有手机或平板电脑，网游、追星、聊天等，上网成了仅剩一点空余时间里孩子们的最爱，也在很大程度上影响了课外阅读。

实际上，老师这“非常危险”的话也并非危言耸听。试想，已经上初中的学生，对类似《朝花夕拾》这些优秀文章都没有读过或者没去认真读过，怎么能对中华传统文化有深刻的认识和了解？而不去多阅读这些饱含思想性、艺术性的文章，又如何能提高学生的品德修养和文学素养？

有句古话：“立身以立学为先，立学以读书为本”。我希望孙女和其他正在读书的孩子们，都要抓住学习的根本，多读书、读好书，莫要辜负了家长和老师们的期望。当然也盼老师们少布置一点作业，多留一点阅读时间给孩子们。更期盼家长控制、孩子自律，千万不要沉迷在网络上。如此，才能让老师和家长看到希望，不觉得有什么“危险”；才能让孩子们由读书而立学，由立学而立身，逐步成长为有知识、有素质的优秀人才。

2018.12.8

又见腊梅开，诗咏暗香来

小区院里的腊梅开花了。可惜没有雪。所谓“梅雪争春”，没有雪，这腊梅也好像没有春的气息。难怪古人说“有梅无雪不精神”，少了雪，游人赏梅也就有些意兴阑珊。

记得曾经读过宋代吴文英的一首《浣溪沙·琴川慧日寺蜡梅》词：

蝶粉蜂黄大小乔。中庭寒尽雪微销。一般清瘦各无聊。
窗下和香封远讯，墙头飞玉怨邻箫。夜来风雨洗春娇。

虽然这大寒时节看不到“中庭寒尽雪微销”，但有“蝶粉蜂黄大小乔”，这鹅黄初萌、暗香疏影的场景，也让人听到春天的脚步是越来越近了。

看着这腊梅花开，咏着那古人诗词，不禁让我想起当年在家乡的小院生活，想起我的父亲和父亲的咏梅诗。

当年在庐城，我家的小院里，除了高大的香樟树和桂花树，也盆栽几株腊梅。每年到这时，腊梅开花，有红有黄，阳光下疏影横斜，雪映中暗香浮动。父亲这时总是诗兴大发，磨墨濡毫，落笔成诗。有时还去邀三两个老友来家中品酒赏梅，赋诗作画，乐不可支。

父亲当年写过不少咏梅诗，至今我还记得两首：

腊梅迎春

满天积雪落尘埃，
风动腊梅数点开。
山色空蒙枯草木，
梅花开后又春来。

咏梅

一树梅花几度霜，
晓窗独放报春光。
天怜玉骨横疏影，
月映芳姿送暗香。
白雪深绿西子貌，
红霞浅醉贵妃装，
黄昏坐赏情难尽，
磨墨挥毫赋诗章。

父亲已逝去近二十年了，当年的小院小楼也早已烟消云散。但父亲的音容笑貌、父亲的诗，连同那个满载着亲情的小院，却时常在我的脑海中浮现。如同那腊梅的香气，似桂如兰，一年一度地飘散在空中，让人沁入心扉，不可忘怀。

2019.1.23

文章不厌千回改，反复推敲佳句来

有位老同学写篇文章，未发表前先发私信给我，说是征求意见，以便修改。老同学的文字功夫自然远胜于我，之所以征求意见，除了客气，应该是其写文章、做学问精益求精的良好学风使然。

这倒让我想起当年在中学读书时，一位语文老师曾经讲过的，唐朝诗人贾岛的一个典故。内容如下：

> 岛初赴举，在京师，一日，于驴上得句云“鸟宿池边树，僧敲月下门”。始欲着“推”字，又欲作“敲”字，炼之未定，遂于驴上吟哦，引手作推敲之势，观者讶之。时韩退之权京兆尹，车骑方出，岛不觉行至第三节，尚为手势未已，俄为左右拥止尹前。岛具对所得诗句，推字与敲字未定，神游象外，不知回避。退之立马久之，谓岛曰：“‘敲’字佳。”遂并辔而归，共论诗道，流连累日，因与岛为布衣之交。

这就是著名的有关“推敲”的成语故事。

当然，历史上有关对文章反复修改，精心雕琢的事例还有很多。

记得多年前春节时写春联，有副常写的对联是“春风又绿江南岸，好雨复滋甲子年”。这副对联的上句“春风又绿江南岸”出自王安石的《泊船瓜洲》，原诗内容是：

京口瓜洲一水间，钟山只隔数重山。
春风又绿江南岸，明月何时照我还？

说到这首诗，里面就有又一个反复推敲的故事。

诗中“又绿江南岸”句，开始是写为“又到江南岸”，然后圈去“到”字，改为“又过江南岸”。转而一想，复圈而改为“又入江南岸”，后来又改为“又满江南岸”。这样反复改换十几个字，最后才定为“又绿江南岸”。

可见，吟诗也好，写文章也好，反复推敲，才能写出精品佳作。所谓“文章不厌百回改，反复推敲佳句来”是也。

老同学写文章征求我的意见，尽管求非所人，但他这种作文求学的态度是值得赞赏和学习的。这是钻研学问必须要有的严谨态度和科学精神，也是五千多年中国文化人的历史传承。虽然我们不是文化大家，甚至连“文化人”都难以算得上，但认真刻苦的学习态度、精益求精的求学精神还是要有的。否则，怎么对得起曾经教导我们的老师？怎么能让我们的子孙后辈将中国文化底蕴传承下去？

2019.10.2

也说“书”的命运

闲看王鼎钧的《江河旋律》，内有一篇文章，说曾经听人讲过一个故事：有位作家出了一本书，请了十个朋友吃饭，每人送上一本。饭后人散，路灯昏黄，四顾无人，有两个客人边走边谈，一人打开手里的新书说：“这样的书嘛，看是不必看，放也没地方放，”伸手把作者签名撕下来，把书丢进路边的垃圾桶。另一客人大喜，他说这个办法很好，也把作者签名撕下来，把书丢进垃圾桶里。作者听到这个故事后，说他以后每次经过垃圾桶，总要张望几眼，“看看里头有没有我的书。”

看到王鼎钧写的这些，不禁让我想到自己也出过几本小书，也分别送给一些亲朋好友。大概送出去的有些书也逃脱不了进垃圾桶的命运吧？转头一想，上淘宝和当当网上分别一搜，我的书如《人生的境界》还在销售，虽然有降价打折，但终归还是逃过了被丢进垃圾桶。

也是，想二十世纪五六十年代，“一本书主义”盛行，文学工作者或文学爱好者，能写本书、出本好书，就是非常值得肯定和赞赏的成就。而那时的读者对书籍都有发自内心的喜爱或珍惜，每看到一本新书，都视若珍宝，保存保管得非常好，连借给别人都舍不得，哪有看都不看就扔进垃圾桶里的？

记得我当年和几位同学钻进学校图书馆“偷”了几本书，后来有两本被下放时同大队的知青借去。他们长时间赖着不还，让我懊恼了好几年。

不过，如今的时代不同了，一方面现在的书籍实在是五花八门，有些书的内容质量与几十年前无法相提并论。另一方面现在是网络社会，各种网络平台上，什么样的书籍文章、新闻历史都能看到。而且现在还出现了“融媒体”书籍，不仅能看书，还能听书、赏书。所以，单纯纸质书籍很多人不喜欢看也是必然趋势，完全可以理解。

王鼎钧说，自那以后，每次经过垃圾桶时都要张望几眼，看看里面有没有他的书。我倒觉得，如有朋友将我的书扔到垃圾桶，我并不怪罪，因为我那书纯粹是自得其乐。

至于后人再印出的书是否也逃脱不了进垃圾桶的命运，那就不得而知了！

2020.4.29

淘网觅典籍，藏书思前贤

近日在旧书网上淘得一书：民国二十三年（公元 1934 年）出版的《中华通史》。关键还不是这套书的历史悠久，而是这套书的原藏书人是民国名人张国淦。

说起这张国淦，恐怕熟读民国史的人都知道。此公原籍湖北，幼年随父落籍安徽芜湖。少时聪颖好学。1902 年中举人，1904 年授内阁中书，1906 年入清廷考察政治馆任馆员。辛亥武昌首义后，张国淦以“参议”身份，随唐绍仪赴沪参与南北议和。袁世凯、黎元洪任临时大总统和总统期间，张国淦先后任国务院铨叙局长、国务院秘书长、总统府秘书长、政治会议副议长、参政院参政、政事堂右承、教育总长、农商部总长、司法总长、全国水利局总裁等要职。在民国政坛上可谓地位显赫。

有段故事可以证明张国淦当年在民国政坛的地位。袁世凯死后，黎元洪、徐世昌、段祺瑞、冯国璋等人争夺北洋军阀的掌门人位子。

1916 年 6 月 6 日上午 10:40，袁世凯去世。段祺瑞立即带着张国淦来到黎元洪公馆。据说段祺瑞在东花厅落座后，对着黎元洪半小时没有说一句话。然后突然站起身来，向黎元洪鞠了三个躬，扬长而去。留下张国淦。

张国淦与段祺瑞、黎元洪两人都处于师友之间，既能深交，也能保持一定的社交距离。而且，清末非常重视同乡之谊。张国淦的籍贯是今天的湖北赤壁，但跟随着湘军出身的父亲，在安徽成长、读书。后来他们家就定居在了芜湖。所以，他能够以生长于安徽的身份，同安徽人段祺瑞亲近；也能够以籍隶湖北的身份，同湖北人黎元洪亲近。

同时，张国淦也以湘军子弟的身份，得到袁世凯的信任，在 1916 年他四十周岁之前四年，就已经担任过国务院秘书长、总统府秘书长、内务部次长、政事堂右丞（相当于国务院副总理）等显要职务。

袁世凯最倚重张国淦的，是他身上那种令人信赖的亲和力，以及能够令人妥协的协调能力。袁氏当国的四年间，张国淦前两年调处袁黎关系，后两年调处“袁段”关系，都取得了令人满意的成绩。所以段祺瑞请黎元洪当总统，要拉上他一起去。他当然知道，同时能够得到黎段二公高度信任的，也只有张国淦了。张国淦果然在黎、段二人之间游刃有余。说服黎光洪当了民国大总统，名义上的国家元首。而段祺瑞则当上国务总理，执掌实权。黎元洪因此更看中了张国淦的折冲樽俎能力，让他担任了总统府秘书长。如同袁世凯当年一样。

更让人称道的，是张国淦在担任民国高官期间，能够坚守民族大义，反对北洋军阀的卖国行为。他在担任农商总长期间，遇到段祺瑞政府与日本签订西原借款和凤凰山采矿合同，段祺瑞不顾全国人民的反对，一意孤行，决定与日方签订合同。但签约必须要由农商总长批准和签字，时任农商总长的张国淦坚决拒绝在这卖国条约上签字。后来日本驻华公使林权助亲自到农商部威胁张国淦签字。张国淦质问林权助是代表日本商人还是代表日本政府。张说："如果是代表贵国商人，则当按照我们中国的矿业条例办理。如果是代表贵国政府，这里是农商部，我和阁下没有谈话的地位，请阁下到我国外交部接洽。"林权助被张国淦说得哑口无言。段祺瑞看这事闹僵了，乃派孙润宇以120万元向张国淦行贿，贿款一直增至200万元，均被拒绝。随后国务院秘书涂凤书也奉派前来，劝张国淦以考察各省农会为名离开北京，由代理部务的次长代签铁矿合同，张国淦也拒绝。段祺瑞又劝张国淦外调省长，以免首当其冲，张国淦也不肯。段祺瑞最后派亲信曾毓隽访张国淦，说了许多好话，请张国淦帮忙，张国淦说："不签字就是帮总理的忙！"

张国淦同时又是一位享有盛名的方志学家。早在从政期间，就开始史志调查研究工作。其中最具影响之作《中国古方志考》，1916年即开始撰写。1926年，结束政治生涯后，移居天津，更潜心史志调研考究与著述，常往来于北京、东北等地。至1930年《中国方志考》（初定名）已初具规模。1937年抗战前，完成了数百万字的初稿。并应著名学者顾颉刚之请，在当时的《禹贡》上发表。

中华人民共和国成立后，张国淦受聘为上海市文史馆馆员。1953年，经中央人民政府副主席董必武介绍，受聘为中国科学院近代史研究所特约研究员。并在他的同事著名方志理论家金毓黻等人襄助下，继续进行《中国方志考》的编纂。

张国淦治学严谨，用力工深，著述甚丰。有《中国古方志考》《辛亥革命史料》《历史石经考》《中国书装源流》《俄罗斯东渐史略》《永乐大典方志辑本》《芜湖乡土志》《黑龙江志略》等多部史志著作。

张国淦是著名的图书收藏家，曾藏书十数万卷，有藏书斋名“无倦斋”。新中国成立后他将私人藏书数万册全部捐出，大部分捐献给湖北省图书馆。

这套《中华通史》当年也为他收藏，每册书上均有他的印章。书后有“张赠”两个字，应该是张国淦当年赠书时所盖。只是不知道当时是赠给谁的？如果是赠给湖北图书馆的，后来怎么会流散出来？现在看到书的封面上有“文匯報”“资料研究部报刊”字样的圆印戳，时间为“1965.3.31”。这应是文汇报从别的地方得来的。至于如何又流失民间，跑到旧书网上去出售就无从查起了。但今天我能收藏此书，也得益于它在民间的流落，否则，我无论如何也得不到这位民国要人收藏的典籍。

古人云：“闭门穷典籍，修业问刍荛”，如今疫情未除，不能出去游山玩水，只好在家闭门读书，“摅怀旧之蓄念，发思古之幽情”。而有幸收藏到此等典籍，也算“失之东隅，收之桑榆”了！

2020.6.19

我读《左镰》

三伏天坐在空调的房间里，百无聊赖地翻看手机，忽然看到消息："莫言诺奖后首部作品《晚熟的人》由人民文学出版社出版"。赶忙网购了一本来看。

刚读书中第一篇文章《左镰》，就感到兴致盎然。说实话，我看莫言的小说，总觉得有点刚开始读外国小说的感觉，有些懵懵然。远没有看沈从文、钱钟书、贾平凹等作家的小说那么畅快淋漓。当然更没有当年读金庸、梁羽生、古龙的武侠小说那样着迷和过瘾。

读这篇《左镰》，有感触的是小说中描写打铁和铁匠的故事。莫言说，他在长篇小说《丰乳肥臀》、中篇小说《透明的红萝卜》、短篇小说《姑妈的宝刀》里，都写过铁匠炉和铁匠的故事，在歇笔数年后（也是获诺贝尔文学奖数年后）写的第一篇小说里，不由自主地又写铁匠，其原因是他童年给铁匠炉拉过风箱，也曾跟着铁匠师傅打过铁，所以"见到铁匠就感到亲切，听到铿铿锵锵的打铁声就特别激动"。

我当然没有类似的经历，没有跟铁匠师傅打过铁。但当年在乡下，倒是跟铁匠交过朋友，所以，看到这篇小说，自然就想到往事。

那是二十世纪七十年代初，我在下放所在地公社的供销站里当一名临时工。当时的公社所在地是一个很小的地方，除了公社的办公场所，只有供销站、小学、粮站、食品站几个正规单位，居民不到十户。整个街道，所谓“新街”，不足百米。因为这里是成立“人民公社”后新建的街区，有半片十字街的规划，有能对开汽车的马路，有统一建造的砖墙瓦顶的房屋，比起成立公社前在河边一溜低矮土墙草房的“老街”自然强多了。虽然开始几年“人气”不如老街旺，但公社的办公地址在这里，社员们的生产、生活物资和教育资源都在这，自然也就不愁没人来了。

当年公社的几大企业：能加工菜籽油的油厂、有几台缝纫机的缝纫社、有一师两徒的铁匠铺都迁设到这里，让“新街”有了不少新气象。

铁匠铺就设在供销站对面。我每天站在店堂柜台里，就能看到对面师徒围着围裙、光着膀子、抡着大锤敲打的身影，听得见铿铿锵锵的敲打声和吭哧吭哧的风箱声。

铁匠铺的师傅姓方，长得仪表堂堂，一副美男子模样。如果不是在打铁时候，你在街上看到他，无论如何也不会想到他是打铁的师傅。一定会认为他是公社干部或学校校长。

方师傅也确实很讲究仪表。下班出来，总是衣着光鲜，头发整齐，气宇轩昂。谈吐也是彬彬有礼，绝无粗人的习气。

方师傅有个业余爱好：打猎。几乎每天下午三四点后，总是一身猎装，肩背一杆猎枪，雄姿英发。走在街上，路人侧目，十分抢眼。尤其是斜对面缝纫社的那几位女人，每到这时都魂不守舍地停止缝纫机运转，站在窗前门边，瞪大眼睛看着方师傅雄赳赳气昂昂走过。傍晚时分再看到方师傅身背战利品一只野鸡或两只野兔凯旋时，那种惊叹和欢呼如同今日追星族看到大明星般的狂热。据说当时小学校里那两位骄傲的女老师，这时候也会躲在校门旁看几眼方师傅的身影。甚至连在我们供销站烧饭的阿姨，也在门外喊叫：看方师傅打的野鸡尾巴多漂亮！

方师傅的潇洒外表和打猎时英雄般的气势很迷人，他的本业——打铁手艺同样出色。

有段时间我在供销社的生产资料门市部做营业员。这生资门市部当然会卖些铁锹、锄头、镰刀等铁器农具。这时候，方师傅的铁匠铺就成为我的竞争对手了。供销社卖的农具都是从县城或区镇的农具厂成批量拿过来销售给农民的。那个时代的国营工厂生产的产品，不用说都是粗制滥造，其质量根本无法与方师傅铁匠铺一对一精心打造的产品相比。所以，我这门市部的铁器农具根本销不出去。好在那时企业也不讲经济效益，因此我也不会对方师傅有什么意见。我们还是好朋友交往，遇到他打猎到野鸭野鸡野兔什么的，一定会邀我们去大吃一顿。不过酒照例是我们带，反正供销站酒缸里有的是酒，拿个瓶或碗，从酒缸里舀出来，再到糖缸里挖一铲白糖放到酒里，走几步端到铁匠铺，就着打铁火炉上吊着的一锅鲜香喷鼻的野味，几个人猜拳斗酒，好不快活。

闲暇时我也常走到对面的铁匠铺里，看方师傅师徒打铁，尤其是寒冷的冬天。红通通的炉火，烧红的生铁，铁锤锻打下飞溅的火花，身处其间，让人在那没有暖气空调的寒冷冬季里，有了春日的温暖和夏日的色彩。

莫言在这篇小说中描写打铁时的情景：“炉膛里的黄色的火光和砧子上白得耀眼的光，照耀着他们的脸，像暗红的铁。三个人站成三角形，三柄锤互相追逐着，中间似乎密不通风，有排山倒海之势，有雷霆万钧之力，最柔软的和最坚硬的，最冷的和最热的，最残酷的和最温柔的，混合在一起，像一首激昂高亢又婉转低回的音乐。”

此情此景，让我仿佛回到了当年的小铁匠铺，回到那苦涩又甜蜜的青春岁月。

所以，我说《左镰》吸引了我。

2020.8.7

没有远方的日子还有诗

“这个世界不只有眼前的苟且，还有诗与远方。”但在疫情未除的当下，“远方”是没有了，只剩下等待的日子，当然诗还有——如果你还能在苟且的生活中去寻找快乐。

前不久淘来几个盆景，加上家里还余有的三两盆遭受今夏酷暑仍存活的，一起摆在屋里院外，没事的时候，看上几眼，想想有关古人题咏的诗词，倒让这困守家中的生活，添了几分诗意。这日子过得也好像不那么无聊了。

先看这几盆在大热天持续三十八九度到四十度高温日晒下死里逃生的盆景。

这盆老桩映山红能够存活下来，实在让我高兴。不仅春天花开时非常美，而且这棵老桩也有数十年的树龄了。

映山红本名杜鹃，被称为“花中西施”。据说还是我们安徽的“省花”呢。

李白有《宣城见杜鹃花》诗：

蜀国曾闻子规鸟，宣城还见杜鹃花。
一叫一回肠一断，三春三月忆三巴。

苏东坡亦有咏杜鹃花的诗《菩提寺南漪堂杜鹃花》：

南漪杜鹃天下无，
披香殿上红氍毹。
鹤林兵火真一梦，
不归阆苑归西湖。

另外这两盆历经炎炎夏日的盆景，还是去年陪老母亲在昆明过生日时逛花市买的。一棵是黄杨，一棵是榕树。

榕树在南方较普遍，所谓“郭里多榕树，街中足使君”是也。但在北方则少见，因为它不耐寒。所以养起来在冬天颇费些周折，一到寒冷天气就小心伺候着，冰天雪地时搬进屋内，天晴日暖时再搬出去晒太阳。

宋代诗人杨万里有《榕树》诗云：

直不为楹圜不轮，斧斤亦复赦渠薪。
数株连碧真成菌，一胫空肥总是筋。

榕树不仅浓绿常青，而且造型丰富，形态很美，既适合做园林绿化，也适合做盆景陈设。

黄杨则生长很慢，宋人李廌诗云："黄杨性坚贞，枝叶亦刚愿。三十六旬久，增生但方寸。"黄杨木质坚硬，所以古人用"坚贞"来形容它。

元人华幼武《咏黄杨》的诗也这样称赞：

咫尺黄杨树，婆娑枝干重，叶深圃翡翠，根古距虬龙。
岁历风霜久，时沾雨露浓。未应逢闰厄，坚质比寒松。

黄杨又名黄杨木，黄杨属科有许多种，这棵黄杨是锦熟黄杨，号称"木中君子"。据说对多种有毒气体抗性强，能净化空气。而且经冬不凋，常年浓绿。最近在网上淘了一种黄杨则是雀舌黄杨，它的特点是枝形别致，枝干弯曲，表皮皱皱巴巴，也称"皱皮黄杨"。而它的叶子又很光亮。苍老的表皮与细小光亮的叶，形成强烈的对比，雄浑苍劲与柔和典雅完美结合。上面华幼武的诗中有"叶深圃翡翠，根古距虬龙"的赞誉，咏的大概就是雀舌黄杨了。

最近网淘从广州发来的还有一棵"金枝玉叶"，这么好听名字的绿植，实际上它的原名土得掉渣，叫"树马齿苋"。就像诗句一样，如果用"金风玉露一相逢，便胜却人间无数"来形容它，这棵盆栽瞬间高贵无比。若是以它的古称"红苋"，则只能是"不以色红为贵尚，何因赤苋有仙人"，一下回归平淡了。因为它在光照充足时，新叶会呈赤红色，而在光照不足时茎叶则会张牙舞爪，有几分怪气仙味。

还有一盆误打误撞的盆景，原以为是清香木，实际买来的好像是胡椒木。不过据说清香木放在室内，因气味强烈，虽可驱蚊，但对人的身体有害。而胡椒木虽无清香，却是耐寒。更重要的是它的花语：吉祥平安，万事如意。

陶渊明的《归去来兮辞》中“木欣欣以向荣，泉涓涓而始流”的诗句，应该就是歌咏胡椒木的吧？

另有棵樱桃盆景，已开小花，且抱石而生，形态优雅。

《滇南本草》：“樱桃，旧不著所出州土，今处处有之，而洛中、南都者最盛，其实熟时深红色者谓之朱樱，正黄明者谓之腊樱……其木多阴，最先百果而熟，故古多贵之。”说明这樱桃在古时算是名贵花木。

诗云：“流光容易把人抛，红了樱桃，绿了芭蕉。”也不知这棵小树能不能结出几颗红樱桃？

再说回到今夏酷暑晒死了几个盆景，让我十分懊恼。弟弟让人四处找，弄了几棵绿植。其中一棵茶梅，它以叶似茶、花如梅而得名。明代画家陈道复有《茶梅》诗：“花开春雪中，态较山茶小。老圃谓茶梅，命名亦端好。”宋代刘仕亨亦有《咏茶梅花》：“小院犹寒未暖时，海红花发暮迟迟，半深半浅东风里，好是徐熙带雪枝。”诗中的“海红”就是茶梅，所谓“浅为玉茗深都胜，大曰山茶小海红”。

“远方有多远，不得而知，但是诗其实就在眼前。”在疫情不退的今天，没有远方的生活也不只是等待，因为诗就在眼前的绿色中。

2022.11.7

我读《燕食记》

4 月下旬，第十一届春风悦读榜年度颁奖典礼在浙江杭州举办。作家葛亮的长篇小说《燕食记》荣获“春风白金奖”。此时我正在杭州一带旅游。而更巧的是，我随身携带了在家看了两天尚未看完的《燕食记》。

《燕食记》是葛亮继《北鸢》《朱雀》后，书写中国近现代历史主题的“中国三部曲”长篇小说系列的收官之作。其前两部《北鸢》和《朱雀》我也曾看过。

这部《燕食记》，描写广式茶楼里“大按师傅”荣贻生的传奇身世，以及和他徒弟五举的厨艺传奇。从广东饮食文化的发展线索着笔，见证粤港两地的时代风云。

《燕食记》这本书是以饮食写世情，文中对粤菜菜品和烹制方式有着详尽的书写。有读者称此书是“岭南饮食大全”“粤菜百科全书”。不过我看此书，觉得书中描写其他方面也同样精彩。

先说书中几处描写唱戏曲的，文字精美，描绘动人。

如写九太太青湘唱《贵妃醉酒》：

青湘便走到院落中，执起一柄折扇，信手打开，悠悠唱道，“海岛冰轮初转腾，见玉兔又转东升……”。寥寥数句，倒仿佛换了一个人……。这时，恰有月光映照在了院落里头，阿响看到九太太的面庞，在折扇后忽明忽暗。有浓重的影笼罩在她的身上，那脸也看不分明，倒好像一时在笑，一时又不笑了。阿响未听过京剧，也听不懂唱词。但她听到的，是一个女人一时间的喜悦和企盼，和忽然而至的惆怅。

再看写七少爷锡堃的清唱：

这时，他定定站住，支起了耳朵。半晌，转过身，似抖动了头上的花翎，一瞠目一个起势，喝一声，凤仪亭，凤仪亭，等候佳人诉衷情。这一喝，倒将他自己吓了一跳，四望了没人，先对阿响笑起来。刚才还是个嬉皮笑脸的吕布，远远鼓点响起，他这架子一端，忽而身段也婉转了。是貂蝉接口唱道：匆匆绕曲径过花阡，千钧重担付婵娟……。阿响看着七少爷，在后厨稀薄的昏黄灯光中，无声地唱，一人分饰两角。脸上有一种与他的年龄不相称的成熟，与方才的天真判若两人。

再有一段描写唱昆曲《告雁》的文字：

这折“一场干”，是须生看家戏。告雁不见雁，思我而忘我。雁却由意而行止，不留一痕，又无处不见。虚虚实实，实实虚虚；雁于苏武，如心独白。“喝饮月窟水，饥餐天上雪”。一鞭在，羊在。一人在，雁在。叫雁数次，雁飞，起落，盘旋，由唱者手眼引导，于观者心中。无中生有，无胜于有。

将一段苏武牧羊告雁的演唱，写得如泣如诉、如诗如画。

写唱戏的情节如此生动，描写树木花草，则又写得飘逸、灵动，让人迷醉。

写桂花：

这镇上也怪，大约因为极少见到阳光，倒养得桂花馥郁不谢，从九月一直开到腊八。这里的桂花，都是几十年的老桂，伸伸展展像是榕树一般阔大的树冠。风吹过来，簌簌地叶响，那香气便随着风吹到镇上的各处去。也是簌簌地，有桂花落下来，也是跟着风。风到哪里，便飘去哪里。人身上，头发上，远些的，竟然也飘到九洲江的码头上，铺在“十八级”青石板的台阶上。挑夫们爱惜，都不愿去踩，绕着道走。可不留神，给风又吹到江里。花瓣金的银的，载浮载沉，那江水便是一片好景致。

写海棠：

朝阳的光是凛凛的，带着些夜露的清气，洒在身上是一层冷白。杜耀芳村的西府海棠，赶了夜送来，都跟没睡醒似的。淋了水，沐了阳光，倒立时舒展开来。新放的花，都格外的茂盛浓艳。却唯有一盆打了白色的骨朵，蔫蔫地不开。一颗露珠，从毛茸茸的叶子上，慢慢地滚落，集合了其他的，越滚越大，到了叶间，眼看着就要滴下来了。颂瑛凝神间，不禁念，“垄月正当寒食夜，春阴初过海棠时。”

说荔枝树：

晨光熹微，照进山谷里来了。光芒从繁密的树叶间筛过来，落在地上是斑斑驳驳跳动的影子。雾气也散了，渐渐稀薄，也匿到了光里头，整个山谷都明亮起来。

说芒果：

印象中，是一片无限的绿，通透与繁茂的。初夏阳光下，有层叠的深浅与明暗，全是叶片如云的树。而今，当然也有绿，更多是参差于灰黄之间。因为许多果树，还是低矮的，枝条生长亦非烂漫。尚未成气候，自然更无蔽日之象。但有一些竟然已经挂了果，有了累累的样子，那是香芒。

真是妙笔生花，每一样描写都极细腻、极生动、极有趣。难怪这部小说获得许多赞誉和诸多奖项。对有一些担心现如今出不了好作家和好作品的读者来说，《燕食记》的出现，算是一个极大的安慰和满足。

2023.5.2

木棉花开别样红

——读谢方生的诗集《岭南木棉红》

我不懂诗，但我喜欢诗。我写不出好诗，但我知道什么样的诗好。近日读了谢方生先生的诗集《岭南木棉红》，就切实领悟到当年闻一多先生所主张的诗歌“三美”，即“音乐美、绘画美、建筑美”。

你读这首诗：“云雾般缥缈 / 水般清纯 / 鸟啭般圆润 / 从厚实的嘴唇里 / 流出天籁之声 / 从一阵阵歌声中 / 我仿佛听到 / 茶芽冒出枝头水灵灵 / 茶树根须奋力地穿过乱石丛 / 采茶女巧手飞翔 / 制茶师搓捏茶青……”。是不是仿佛身在山清水秀的茶园里，听采茶女美妙的歌声，享受音乐之美？

而当你读到：“把信念融进炸药 / 把意志注入钢钎 / 搬走一座座悬崖峭壁 / 坑道向地底拓展延伸 / 当工程竣工的鞭炮炸响 / 又一道新的钢铁屏障 / 捍卫着海疆的安全……”；“……用自己的脚板做刻刀 / 脚印为字，一行行朴实有力 / 每个字连着良心正义 / 墓碑立在人们心中，一年年……”。建筑之美跃然纸上，令人击节叫好。

一首好诗，必须要有生动鲜明的形象或意象，让读者从中品味出诗的意境。谢方生的《木棉礼赞》，诗一开始，就展现出木棉的形象：“伟岸的身材挺起倔强/一身尖刺凸显性格的叛逆/你像林中猛虎喜欢独处/开花时无须绿叶扶持/本我的自信强大/源于深邃的哲思/源于生存的价值/从不懂得弯腰屈膝”。

当然，一首好诗不能仅仅停留于意象和象征手法的把握上，还要注意表现形式和技巧,如对比、衬托、比喻等手法的运用,体会其表达的效果。

《木棉礼赞》不仅仅停留在木棉树本身的特性上。诗中描写了三月木棉开花时，红色的花如同燃烧的火炬，引得北燕南归。最后用形象的比喻，从木棉树年轮的根须和生生不息的种子，联想到一代又一代革命者在岭南的大地延续、燃烧，让诗作升华到一个崭新的高度。

有人说过这样的话：“一千个读者，一千个哈姆雷特”。诗歌的跳跃性大，会给读者留下各种联想和想象的空间。

谢方生的诗中就有不少在时间、空间、意象内容、情感变化等方面的“跳跃性”表现。

比如《最亮的眼睛》中，先是说“病魔夺去了他的眼睛/黑暗，无边的黑暗围困”，接着又说“他的脚还有眼睛/看得清高低邪正”，“他的手还有眼睛/认得寒来暑往风雨阴晴”。

在《三月寄语》中，作者先是谈“又是撩人的杏花春雨江南……弹奏人间三月的祈盼”，后面几句突然跳跃出，“孟浩然的行舟平安抵岸/好汉抢到了三姐的绣球/孔繁森的汽车越过冰川”。

有论者说，“读诗如不能鉴赏其跳跃性，就可能会造成对诗的内容、主旨理解不全面。”

诗歌的跳跃有时间的跳跃、空间的跳跃。比如卞之琳那首著名的《断章》："你站在桥上看风景 / 看风景的人在楼上看你 / 明月装饰了你的窗子 / 你装饰了别人的梦。"第一节写的是白天，第二节写的是晚上，是时间的跳跃；"你站在桥上"，"看风景的人在楼上"是空间的跳跃；同样，你睡了，别人在梦里看见你，也是空间的跳跃。上述谢方生诗中，从三月江南的杏花春雨到孟浩然的行舟、刘三姐的绣球、孔繁森的汽车，就是时间与空间上都兼有的跳跃。

谢方生的诗还有一个明显的特点，就是率真、自然，没有矫揉造作的味道，没有装腔作势的派头，没有知识精英的架子。他的很多诗都是写普通人、普通事。比如《给一位特级厨师》《听瑶族大嫂唱茶歌》《写给一位按摩师》《和妻子打乒乓球》《记一位退休老同事》等等。也许不少人会认为诗是高大上的"阳春白雪"，与普通老百姓无关。实际上完全相反，写普通人真实的生活，抒发真实的感情，才能写出好诗。正如著名诗人臧克家所说的："诗不是高贵的，而是平易的。……诗必须是真实的，真才能感动自己而后再去感动别人。"

如果说谢方生先生的诗有什么不足之处，大概也在这方面吧。因为他的诗中没有多少歌功颂德的宣传，没有紧跟时势的说教。当然也没有惊天动地的言论和天马行空的臆想。也许他的诗不会在如今的诗坛上大红，也可能不会在当代诗歌史上留名。但他的诗，一定留存在真正诗歌爱好者的心里，也一定会让那些被他诗咏的普通人记住。就像南国的木棉花一样，虽然不如江南三月的桃花那样娇艳、北国杏花那般洁柔，但火红的木棉花，却如鲜红的旗帜，年年让人"南国风来满眼春"！

2023.8.13

价值连城的改字与影响深远的诗句

1957年《诗刊》创立，时年52岁的著名诗人臧克家担任主编。当时，《诗刊》刚刚创立，为了让《诗刊》得到快速成长，为人民带来优秀有深度的刊物，经过全面考虑，臧克家准备发表毛主席的诗词。于是，臧克家写信给主席，表明意图和想法，征询主席意见。毛主席很快给他回信，同意了他的想法并附上了十几首诗词，以便他们筛选。臧克家在仔细研究毛主席的诗词后，面见毛主席，提出对其中的《沁园春·雪》做一些适当的调整。臧克家建议将原文中“原驰腊象”的“腊”改成“蜡”。他对主席解释道：“‘腊’是柬埔寨的古称，那里曾经盛产大象。”“原驰蜡象”的字面意思是，我们国家的高原上奔驰着柬埔寨大象，不太适合，改成“蜡”更为贴切。他说，“蜡”是白色的意思，“蜡象”也就是白象，如此，与前面的“银蛇”形成鲜明对比。这样不仅上下文更加连贯，且通俗易懂，意象鲜明。毛主席一听，非常满意，给予肯定，同意改“腊”为“蜡”。正是因为臧克家的严谨和精益求精，毛主席的《沁园春·雪》这首词才更加完美。可以说，臧克家的这个改动真的是“一字值千金”。

说到臧克家，他写的许多诗都让人难忘，比如《有的人》，曾被列为小学语文课本，流传甚广。这首诗是他于 1949 年 11 月 1 日为纪念鲁迅先生逝世 13 周年而作。这首诗超出了歌颂鲁迅精神的范围，将读者引入对人生的更深层的思考。今天读这首诗，仍能感受到它具有哲理意义的主题：

> 有的人活着他已经死了；有的人死了他还活着。有的人骑在人民头上："呵，我多伟大！"有的人俯下身子给人民当牛马。有的人把名字刻入石头，想"不朽"；有的人情愿作野草，等着地下的火烧。有的人他活着别人就不能活；有的人他活着为了多数人更好地活。骑在人民头上的人民把他摔垮；给人民作牛马的人民永远记住他！把名字刻入石头的名字比尸首烂得更早；只要春风吹到的地方到处是青青的野草。他活着别人就不能活的人，他的下场可以看到；他活着为了多数人更好地活着的人，群众把他抬举得很高，很高。

2023.10.28

读书不需要理由，不读书才需要

报上看到一篇文章《家可移，阅读不可止》，说的是作者多年来多次搬家，家当丢弃不少，但书一本没落，因为“家可移，阅读不可止”也！

当今数字时代，很多人沉迷在电脑、手机里玩游戏、看热剧，能静下心来看书尤其是看纸质书的人是越来越少了。前几天我还在忧心孙辈们，为何对阅读课外书籍不感兴趣，却要么痴迷于手机上玩游戏要么沉醉在电视上追星看热剧。如果规劝、督促他（她）们看课外书，特别是文学的、历史的书籍，他们总会问一句“为什么要看那些书”。有时真让我哭笑不得。看书还需要理由吗？在我们这一辈人看来，只要你识得字、有文化，天天读书是理所当然的事。不仅从道理上说是天经地义，在日常生活中也是必不可少的内容，根本没有“为什么要去读”，只有对不读书的行为才会去问“为什么”。

苏东坡诗云，“粗缯大布裹生涯，腹有诗书气自华。”说的是，只要饱读诗书，学有所成，即使粗布裹身，也是气质横溢，才华高雅。而不读书的人，无论他如何官运亨通，财大气粗，也脱不了庸俗、粗鄙的素质。

就像我在先前的文章中所说的一句话，晚霞中看到天空一群鸟飞过，腹有诗书的人自然会想起那句“落霞与孤鹜齐飞，秋水共长天一色”的诗来。而不学无识、腹中草莽的人可能只会冒出一句“好大一群鸟，真好看”。

张元济先生曾有题联：“数百年旧家无非积德，第一件好事还是读书。”家父原来也写过一副对联挂在家中：“欲高门第须为善，要好儿孙必读书。”可见在中国传统家庭教育中，读书是第一位必须传承的家风家训。即使在现代社会甚至西方社会，读书都是国家需要、社会提倡、家庭教育所必需。

毛主席曾经说过这样的话：“饭可以一日不吃，觉可以一日不睡，书不可以一日不读。”英国伟大剧作家莎士比亚说：“书籍是全世界的营养品。生活里没有书籍，就好像没有阳光；智慧里没有书籍，就好像鸟儿没有翅膀。”我国获得诺贝尔文学奖的作家莫言说过：“任何一个梦想都有可能因为读书而产生，而实现一个梦想也必须借助读书来实现。”同样的诺贝尔文学奖获得者、俄裔美国诗人约瑟夫·布罗茨基则说：“鄙视书、不读书，是深重的罪过。由于这一罪过，一个人将终生受到惩罚；如果这一罪过是由整个民族犯下的话，这一民族就要因此受到自己历史的惩罚。”

所以说，如果年少时不爱读书，那他将终生为之付出代价。我希望我的孙辈们都能够爱读书，自小养成喜爱阅读的习惯。除了上学时课堂上学习的书，课外时间还要多读一些文学的、历史的、科学的甚至哲学的图书。不要问“为什么”，就是让读书成为生活一部分，像每天都要穿衣吃饭一样。

2018.8.28

三、怡情对月弯

良犬知忠义，羞煞世间人

昨日几位学友在网上闲聊，说到犬有忠肝义胆，让我想起二十年前家在庐城时曾养过的一条小狗。

那时我在城里盖了一幢二层小楼，有个院子。父母也接来一起居住。父亲七十大寿时，有在合肥的亲友来祝寿，带来一只小狗相送。小狗长得挺可爱，除了头部两道黑毛垂耳外，浑身白毛，有些像熊猫，我们给它起名“嘟嘟”。

那时儿女还小，都在家中读书，侄儿美嘉更小，也在一起常住。后来还有侄女苗苗也常来。一群孩子都特别喜欢“嘟嘟”，除了上学，回到家就去逗它玩。当然父母和兄弟们也都喜欢这只可爱的小狗。

记得多年后我写过一首小诗《故园》，回忆当年在小院里生活的场景，其中有这样的描述：

小城小楼小院
老屋老树老犬

春日里香樟叶舞花飞
夏日里枝头蝉叫，流萤扑扇
秋日里较着劲飘香的金桂、银桂，惹得邻人醉
冬日里院里踏雪折梅，屋里把酒炉围
斜阳外父亲又诵诗吟联
晨风里母亲叫起声又催
花架旁石桌边
小弟们又在胡侃乱吹
厨房里漏雨声
似问妻：累？累！
月光下花影中
子侄们我赶你追
逐那只不甘寂寞的老犬
……

这里的“老犬”就是“嘟嘟”。由此可见，“嘟嘟”当年是我们家生活的一部分。

昨天在微信中，老友说到他有个亲戚，家里养一只狗，今年发洪水时，因地势低而家中水淹三尺，主人撤离时将犬送往高处放生。七日后，水未退尽回家看望时，竟发现小狗不知何时游回家，卧在架高箱柜之上奄奄待毙。主人不禁当场泪落。看到这个故事，我想到我家那只“嘟嘟”的当年事。

有天晚上，父亲在房里准备挂幅字画到墙上，当时我在楼上看书，

妻在厨房收拾。父亲没和我们说，自己搬个梯子到房里，爬上去挂画。正在悬挂中，梯子突然倾倒。父亲连同木梯一同倒下。在厨房做事的妻子听到“轰隆”一声，大吃一惊，赶忙跑出来到客厅和父亲房间查看。见父亲倒在地上，赶忙上前搀扶，却扶不起来，只得大声喊我。但二楼楼梯口有个门掩着，我在房间也掩着门，所以听不见楼下的叫喊声。就在此时，“嘟嘟”飞也似的冲上楼梯，踢开楼梯门，闯进我房间大叫。我赶忙起身出来，才听到楼下妻子的叫声，迅速下楼去扶起父亲，接着找医生前来医治。而“嘟嘟”随我下楼后即守在父亲身边，一声不吭，两眼紧张地望着父亲。当时的场面，至今让我历历在目。

最让家人难忘的，还是父亲病重那段时间“嘟嘟”的表现。父亲病重不能起床时，它就守在床底下，寸步不离。父亲去世当天，妻子怕料理后事时既无暇顾及，又担心那几天来吊唁的人多，“嘟嘟”会因此走失，所以将它送到邻居家，托人代管。谁知“嘟嘟”在邻居家大吵大闹叫个不停，邻居没办法，只好让妻子抱回来。回家后，“嘟嘟”一声不吭地钻到父亲灵堂边守候。在父亲去世直到送出安葬的几天里，“嘟嘟”就守在那，不吃不喝，家里人送给它吃的，它看也不看。此情此景，让人欲哭无泪。学友诗中的“良犬有肝胆，可为忠义去”“索取慑怜少，忠心一万年”的话，真是所言不虚。

父亲去世一两年后，有次家里来客，客人离去时，“嘟嘟”随客人走出，当时我和妻子在家忙，也未在意，谁知“嘟嘟”随着客人越走越远，竟然走失。家里人后来数十天在周围四处寻找，也不见踪影，让大家都十分惋惜，我和妻子甚至想得落泪。

过了大半年时间，有天下午我从单位下班，骑个自行车。走到半路一个街巷，突然发现前面一条狗，虽然浑身脏兮兮、瘦骨嶙峋，但面貌很像走失的“嘟嘟”。我试着喊了一声：“嘟嘟”。前面那狗猛地转回头，看我一眼后，立即飞奔向我扑来，趴在我身上嗅着、抓着、叫着，我赶忙放下自行车抱起它，抚摸着、拍打着、喊着它的名字。那情景，简直宛如久别重逢的亲人。当时我也不管自行车了，将它甩在一边，自己抱着“嘟嘟”，喊一辆三轮车，飞驰回家。昔日杜甫诗云：“旧犬喜我归，低徊入衣裾”，我这回则是“旧犬重归我，喜极忘骑驹”了。

到了家门口，我就大喊：“你们看谁回来了？”妻子和女儿跑出来一看，都高兴地跳起来，你抢过来她抢过去，谁也顾不得“嘟嘟”身上有多脏。

可惜数年后，我移居合肥，楼上住宅无法养狗，便将“嘟嘟”送到乡下弟弟的工厂里。没过多久，因无人看管，“嘟嘟”跑出厂后一去不回，从此杳无音信。

直到今日，我依然思念那只可爱的“嘟嘟”。虽然它只是条小狗，但它的忠义有情，实在是羞煞那些只贪图名利钱财而不顾亲情友情的人。

2018.9.16

周郎妙计安天下，小乔身后何处家

好友登高游岳阳楼，看到岳阳也有小乔墓，想到家乡庐江亦有小乔的古墓，一时发文感慨。

这倒让我想起十多年前我去岳阳时，看到那里的小乔墓，心里也发嘀咕：怎么这里会有小乔墓？当时还听导游说这是二乔墓，是大乔、小乔姐妹俩的合葬墓。不过后来查询史料，则史上早有质疑。明《隆庆岳州府志》卷九中有："窃意世无姐妹合葬者，且瑜妻或从镇巴丘，死而葬焉。若策妻则万无是理矣。今以'故志'所载姑存焉。"这里的所谓"瑜妻"就是小乔，"策妻"则指大乔，指明两人不可能在此合葬。

无独有偶，芜湖的南陵县也有一座小乔墓。不久前看《张恨水传》，张恨水当年曾为芜湖的南陵小乔墓改写一联，一时传为佳话。

说是南陵小乔墓曾有一联，文曰：

千年来本贵贱同归，玉容花貌，飘零几处？昭君冢、杨妃茔、贞娘墓、苏小坟，更遗此江左名姝，并向天涯留胜迹；

三国时何夫妻异葬，纸钱杯酒，浇奠谁人？笋篁露、芭蕉雨、菡萏风、梧桐月，只藉他寺前野景，常为地主作清供。

1920 年张恨水自芜湖慕名来到南陵香由寺游小乔墓，一时兴起，将此联改为：

葬向锦绣河山，芳灵永在，尽有那苏小坟、真娘墓、莫愁湖、西施村，随此沿江左留名，余子岂能并文举；

嫁得英雄夫婿，雌伏何方，试比她褒姒笑，息妫泪、玉环浴、飞燕舞，是谁令中原多事，妇人亦勿学桓温。

不过对南陵这个小乔墓，史料记载中有漏洞。

《民国南陵县志》卷七《舆地·茔墓》载：偏将军领南郡太守周公瑾之夫人小乔氏墓。相传香由寺前，向或以二乔墓载，“岳志”为疑。乾隆己亥年（1779 年）知县高怡梦小乔语其墓所在翼，即遣典史沈江鲲督修其墓。于寺西苑立碑曰：“东吴都督周公瑾之夫人乔氏墓”。

这里所记的“相传……向或以二乔墓载”，就是讲，据传说原来这是有大小乔两个人的墓，后来知县做梦听小乔说“其墓所在翼”，这样才修墓立碑。可见南陵这个小乔墓真实性可疑。

而有关家乡庐江小乔墓的记载，则史料翔实，可靠得多。

清庐江县的《庐江县志》中引《古今图书集成》之《职方典·庐江府部汇考九·庐江》，在周瑜墓条后，载有：“小乔冢。在真武观西百步，周瑜之妻，乔氏也。俗称瑜婆墩。冢上多古砖，人不敢窃，动辄有咎。”《光绪庐江县志》卷十六《杂类·冢墓》亦录之。

传其墓有封无表，平地起坟，汉砖结构，墓前有拜台、供桌等石器。墓门朝东，与城东周瑜墓遥遥相望。此墓至明朝一直都保存较为完好，后在明崇祯年间（1628—1644）被兵火所毁坏。

明王永年曾写诗记下当年残状：

墓木如经劫火烧，今时潜水旧吴朝。
凄凄两冢依城郭，一是周郎一小乔。

庐江旧称“潜川”，三国时曾属吴地。所以诗中说“今时潜水旧吴朝”，点明小乔墓的所在地是庐江。

清顺治七年（1650），孙弘喆任庐江知县，一日“由公瑾墓西行，绕北岗数里，至真武观，小乔之冢在焉。然冢之前后，既犁为田，古甓缺裂以久，固不若公瑾墓之尚完也。”于是孙知县便“使人荷锸筑其坟”，并作《小乔辞》勒石记之：

大堤堤下水涓流，乔家国色古遗周。
上有靡靡之茂草，四角花砖绕一抔。
周郎尽卒三十六，江淮哀痛吴主哭。
胭脂色褪镜奁移，曾在黄垆在华屋。
只今幽隧已成溪，东望周郎宰木低，
里人噂甚匆复较，我将锦石列丹题。

清末，庐江小乔墓再遭破坏。抗战期间，安徽省第三区行政督察专员王况裴（湖南衡阳人，名宁度，号绿野）曾主持修复。

由此看来，家乡庐江小乔墓的可信度或更高。

2018.11.1

小寒“三候”

今日小寒。我在《人生的境界》一书中有篇《“立夏”三候》的文章。文中从立夏“三候”：蝼蝈鸣、蚯蚓出、王瓜生，谈到大自然中的物候现象。

今天的小寒也同样有三候：“一候雁北乡，二候鹊始巢，三候雉始雊。”所谓“雁北乡”，是古人认为候鸟中大雁是顺阴阳而迁移，此时阳气已动，所以大雁开始向北迁移；“鹊始巢”，则是指此时北方到处可见到喜鹊，并且感觉到阳气而开始筑巢；而“雉始雊”，“雊”为鸣叫的意思，雉在接近四九时会感阳气的生长而鸣叫。“雉”是指野鸟，也就是野鸡、山鸡。

唐元稹诗：“小寒连大吕，欢鹊垒新巢。拾食寻河曲，衔紫绕树梢。霜鹰近北首，雊雉隐丛茅。莫怪严凝切，春冬正月交。”这其中的“欢鹊垒新巢”“霜鹰近北首”“雊雉隐丛茅”就是描述小寒节气的三种物候现象。这里的“鹰”大概也就是指“雁”吧？

不过这些“物候”，大多是反映中原地区随着自然环境季节变化发生的现象。在我们国家最北和最南地区，因为经纬度的不同，冷热季节差距过大，这些物候现象也会或早或晚，不会都在同一节气出现的。所谓“山川殊物候，风壤异凉暄”。

不管怎么说，物候现象是大自然的自然现象，也是千百年来劳动人民的生产、生活经验积累。今天的年轻人大都对“物候”了解甚少，但物候现象毕竟是自然现象，是自然科学，也与我们的生活息息相关。“天涯物候关情极，乘兴思浮碧海搓”，知道这些，既是了解、亲近大自然，也是对传统文化的一种继承。

小寒到了，最寒冷的冬天也就正式粉墨登场了。农谚有“小寒时处二三九，天寒地冻北风吼”的说法。从另一方面说，小寒、大寒来临，春节也就不远了。“小寒游子要思归，大寒岁末庆团圆”。

在外的游子们，准备回家过年吧！

2019.1.5

“二月二”

今天是“二月二”。前天“惊蛰”时，想起一副对联：“大泽龙方蛰，中原鹿正肥”。那还是在姚雪垠的《李自成》书中所看到的。但今天的“二月二”，头脑中想到的，就是“二月二龙抬头”的谚语了。

所谓“二月二龙抬头”，是因为农历二月初二正值“惊蛰”节气前后，冬眠了整个冬天的蛇、蚯蚓、青蛙等很多动物被春天的阳光和春雷从睡梦中惊醒，人们期望龙也在这个时候出来，镇住一切有害的毒虫，帮助农民获得丰收。这倒是说明“二月二”与“惊蛰”紧密相关。前天龙方蛰，今日就龙抬头了！

家乡习俗是二月二这天要剃个头，图个吉利。尤其是小孩，这一天都要剃头。至于其他二月二的旧时习俗现在都基本消失。

比如古人将“二月二”这一天称为“迎富日”，古诗中的“才过结柳送贫日，又见簪花迎富时”，就是指此。不过今天早就被遗忘。

还有一种说法，古人将二月二作为“挑菜节”。春天来到，草长莺飞，“二月二日新雨晴，草芽菜甲一时生”，这美味的野菜自然不能放过。

郊外踏青，顺带挑点野菜，回家品一壶老酒，绉几句文诗，岂不是人生乐事？有古诗为证：二日旧传挑菜节，一樽聊解负薪忧。向人草树有佳色，带郭江山皆胜游。载酒赋诗从此始，他年耆老话风流。

看来古人挺会享受的，今天的人们，过二月二可没有这些雅兴，顶多带小孩去剃个头。好在今年的二月二恰逢“三八节”，男同胞可以沾女同胞的光，去饭店吃一顿。至于已近“耆老”的我辈，这“二月二”虽没有“话风流”，但中午有几位老友相聚，话当年、叙友情，也算这传统节日没有白过。

2019.3.8

说“聚会”

近年来各种聚会是越来越多了。什么同学聚会、战友聚会、同乡聚会、同事聚会，等等。让与我差不多年纪的老家伙们好像“枯木逢春”，饭局应酬的频率如同当年工作时。这不，春节后这段时间，隔三差五与老同学、老同事、老朋友们相聚，几乎每周都有数次，如果加上找各种理由推脱的邀约，恐怕天天都得有饭局了。

要说这老同学、老战友、老同事们，分别多年甚至几十年，能够在年逾花甲或古稀时相聚，确实是一件人生乐事。怎么说都是值得做、应该做的事。

不过这类聚会偶一为之是乐，聚会太多了也有点不胜其烦，甚至就有人找各种理由推脱，敬而远之、避之不及。

其中原因，一是这些聚会多是聚餐吃饭，偶尔一聚，自然皆大欢喜。次数多了，每次都是吃喝，善饮能食者当然乐在其中，不胜酒力、拒绝烟草者自是苦不堪言。二是几十年过去，老同学、老战友们各自经历不同，所处工作环境、社会环境、家庭环境天差地别，人的思维、性格变化很大，再也不是几十年前青春年少时的旧模样了。有的性格内向，不喜交往；有的喜欢交际，长袖善舞。所以，对于越来越多的聚会，有的人很喜欢、很适应，有的则疲于应付，视为畏途。三是同学战友中，有的人一直工作顺利，仕途顺遂，家庭和睦，子女出色，自然志满意得。也有的则工作时不顺心，甚至一直在乡下务农，经济收入自然不高，再若子女或无能或不孝，哪有心情经常参与这些聚会？

另外还有些老同学、老战友、老同事中，有的在过去或共事或交往中有些矛盾，心胸狭窄者至今还难以忘怀，遇到聚会，三杯老酒下肚，翻起旧账来，酒桌上恶语相向，冲突再起，岂不尴尬。

所以，这些聚会，宜少不宜多。愿者自来，不愿者不必勉强。关系融洽者多聚，素有成见或秉性不合者少聚。而且不能聚会就是喝酒打牌，而要从有益于老友友情交流、有益于老年身心健康出发，或回故乡、母校游览，重拾青春年华的美好回忆，寻觅乡情乡音；或结伴出游，纵情山水之间，陶冶情操，修身养性。如此聚会才有其本身的价值，否则，还不如各自在家中读书写字、养花种草、含饴弄孙、享受天伦之乐呢！

2019.4.8

打水漂

在飞机读物上看到一篇文章，说的是台湾两位著名诗人写的《飘水花》诗各一首。

其中余光中写的是：

在清浅的水边俯寻石片／你说，这一块最扁／那撮小胡子下面／绽开了得意的微笑／忽然一弯腰／把它削向水上的童年／害得闪又闪不及的海／连跳了六、七、八跳／你拍手大叫／摇晃未定的风景里／一只白鹭贴水／拍翅而去。

另一诗人罗门写的“飘水花”则是这样：

我们蹲下来／天空和山也蹲下来／看我们用石片／对准海平面，削去半个世纪／一座五十层高的岁月／倒在远去的炮声里／六岁的童年／跳着水花来／找到我们／不停地说／石片是鸟翅／不是弹片／要把海与我们／飞起来／一路飞回去。

想必读者看完这两首诗，就会明白，原来这里写的“飘水花”就是我们小时候玩的“打水漂”。

说起“打水漂”，大概每个与我同龄或早出生晚出生数十年、生活在农村的人，童年时都会玩过。那村口、街边的池塘、河流，水面上留下的用无数石片、瓦片，旋飞激起的串串涟漪，至今还在无数人的记忆中。

记得我少年时，常与小伙伴们到河边去比赛“打水漂”，打得好的能一次打个十几、二十来个水漂，数十米远。据说世界纪录是八十八个水漂，当然我们那时远远达不到那么高的水平，能打三五个就高兴得跳起来。有时连打几个石片或瓦片，连一个水花都未出现。甚至有时出手失误，还会将石片丢到旁边同伴的头上。我一老同学当年头上就挨了我一石片，留下疤痕至今还在。

想到这里，我也心血来潮诌了一首《飘水花》，也就是“打水漂”的诗。

捡起一块瓦片／抛向水面／心随着跳动／看着水面／直线或曲线／水漂和涟漪不见／瓦片，消失了／伙伴的额头流血了／我的心坠入水面／沉淀六十年／老友的疤痕让童年的欢乐呈现／晚点的飞机起飞了／傍着晚霞／越过水面。

2019.9.24

送灶粑粑

有在外地的老同学在群里发文，想念家乡的“送灶粑粑”，这让我想起过小年吃粑粑的往事。

家父在时，每年到腊月二十三，必亲自下厨，亲手包“送灶粑粑”。当然，拌面、备馅是家母和妻子的事。但要包得皮薄馅足、圆实美观、大小一致的粑粑，却非父亲亲手做不成。昨天二弟从乡下带来一些粑粑，让我老伴又想起家父当年包的送灶粑粑。她边说边描绘起父亲两手搓揉和拍打的样子，说那样的粑粑看着就好吃，不像现在做得扁扁塌塌、外表凸凹、大小不一的样子，简直没法比。

是的，这米粑粑做起来，讲究很多。首先得弄好面，如何将米面炒得好、烫得好，揉得恰当，就是门学问。然后就是拌馅。馅有荤素两种，荤馅当然是以肉为主，素馅则分鲜菜和咸菜两种。鲜菜中又有白菜、芹菜、韭菜之分。咸菜则有雪里蕻、腌白菜等。但无论肉馅、菜馅，都并非单纯，所谓“色香味”，必须是五味俱全、五色缤纷。肉馅中配以绿色的葱蒜、红色的辣椒、白色的豆腐干、黑色的香菇。菜馅中除深绿色咸菜，再加上红色的辣椒、橙色的香干、白色的蒜粒、青色的葱末。最后是煎炸。油必须是家乡油坊土法榨的“香油”（就是菜籽油）。这样煎炸出来的粑粑才是金灿灿、黄珑珑的，诱人食欲。煎炸的火候也要恰到好处。火候不到，粑粑里的馅煎不熟，尤其是肉馅。火候老了，外壳煎焦，黑糊的颜色、烧焦的烟味、坚硬的外壳，会让人食欲大减。

粑粑做好端上桌来，还必须加一样重要的东西，就是配什么食物才能使人胃口大开，吃得舒服。小孩和年轻人，当配一碗细火慢炖的土鸡汤。中老年人则更喜欢熬一锅白粥，配几样小菜，如咸萝卜、冬花菜、酱黄瓜、花生米。一边大嚼油淋淋、香喷喷、辣乎乎、鲜美异常的粑粑，一边小口细品稠稠的米粥和解腻的咸菜。那种口感，实在是妙不可言！

我不知道其他地方过小年时吃什么，只记得以前读过鲁迅的一首《庚子送灶即事》，说送灶就是“只鸡胶牙糖，典衣供瓣香”。胶牙糖就是麦芽糖。清人也有诗云：“岁暮方思媚灶王，香瓜元宝皆麦糖。粘口何需多如此，买颗先命小儿尝。”大概也是指此。

2020.1.17

少壮不努力，老大徒伤悲

防疫困守家中，无所事事，从当当网买本国学旧书翻看。未看几页，头晕眼花。因为其中很多内容实在看不懂。

比如声韵学，过去只知拼音字母上的声母韵母，而且还是年幼上小学时学的，早就忘得差不多了。现在看到什么隋之《切韵》、唐之《唐韵》、宋之《广韵》、明之《洪武正韵》，简直是一头雾水。如声母、韵母在现代拼音字母中各有二十多个已让人头痛不已，而《广韵》中竟列韵母二百零六个。即使到南宋时的平水韵，合并后的韵部也还有一百零七个。真不知古人是如何学习知晓这些知识的。还有如“四声”，以前只知道“平上去入”，看这古董书上还有“五声”“七声”“八声”之说，更是让人如坠云雾中。

即使非韵文之类的古代散文和骈文，也完全弄不懂其中三昧。什么四六文、骈字、骈句、骈意，简直如同天书，除了附和后人骂一声“选学妖孽”“桐城谬种”聊表阿 Q 精神外，实在无言以对。

至于什么“训诂之学”“校雠之学”“章句之学”，里面的内容更是让我不知所云。对于经说、诸子、理学等等看进去也如天方夜谭，浅尝都不能，何谈深入学习。只能叹一声“少壮不努力，老大徒伤悲”了！

记得当年家父劝我等好好读书，苦口婆心，还专门写了一首《劝学》诗：“读书求知识，莫做懒惰虫。树立勤学志，少壮苦用功。博览开心境，哲理自然通。为民造幸福，替国争光荣。”可惜当年无知，听不进父亲的劝告，学习不用功，虚度年华，至今一事无成，实在是“老大徒伤悲”。只希望子孙后辈们能好好学习，虽然不去做专门学问，但至少对于中华文化能多些了解，不至于像我这样，直到古稀还对国学知识一窍不通，即使不说是愧对列祖列宗，也有无颜面对江老父老的内疚吧！

2020.3.4

难见棕榈

昨天看到一篇文章，写抗日名将孙立人的家事。其中说到他的第一个夫人的人生经历，让人唏嘘不已。

孙立人年仅 20 岁时（1919 年），在父亲的安排下与出身合肥望族的龚夕涛完婚。当时正在清华读书、参加过“五四运动”的孙立人受到新思想的冲击，对于父母安排的这桩婚事怀有很大的抵触情绪。婚后不久即回清华，留下龚夕涛终年守在家中侍奉公婆。

文中还提到，1924 年夏天，孙立人的堂兄孙雨人有了儿子孙至锐，缺人照料，龚夕涛将侄子视为己出，关心得无微不至。

这段文字，让我想起往事。因为我与孙至锐曾有过一面之缘。

时间大概是 1979 年或 1980 年。当年我从供销社抽调在家乡金牛区的区委办公室工作。一天办公室的王主任召集大家开会，说是过两天有个接待任务，孙立人的侄儿孙至锐要回金牛探亲。孙至锐博士是美国加州大学的物理学教授，其夫人则是大名鼎鼎的旅美华人作家於梨华。

过了几天，孙至锐来了，但於梨华没有同来，说是她要在北京与国内一些作家们交流。20 世纪 70 年代，虽然官方宣传是“我们的朋友遍天下”，但真正来内地访问的外国友人极少。70 年代末，改革开放刚刚开始，国门虽然打开，但还在“摸着石头过河”，所以，在偏僻的家乡小镇，来个“美籍华人”，还是名人之后，当地政府自然格外重视。那时金牛的区委书记亲自布置安排，亲自陪同。先陪孙至锐去金牛中学，因为那里是孙立人的老家，当年抚养他的伯母龚夕涛居住的房屋尚在，足以让他回味悠长，感慨万千。

可惜孙氏老宅大多已毁，金牛古镇也早已面目全非。而且当时改革开放不久，家乡建设还在起步阶段，实在没有别的地方让孙至锐参观。区委书记突发奇想，说牛首、广寒乡那边搞“格田成方”，数百亩稻田连绵整齐，道路纵横有序，树木高大成林，带孙至锐去那儿看看，可以让他看到家乡的变化，留下一个好的印象。这样，在孙至锐看过金牛中学、见到数位亲友后，书记就陪同一起去看“格田成方”。那天办公室安排我随同一道，所以近距离地和孙至锐有所接触。

所谓“格田成方”，就是将原来大小不一，或长或方的农田，重新整修成一个个方块式的田地，从中修建几条横或直的道路，供人行走和拖拉机等农用车行驶，路两旁再栽些树。这样看起来整齐美观。但这种“格田成方”多修建在通往省城、县城的马路边。不过，通过“格田成方”整修后的农田确实好看多了，所以书记陪着孙至锐前往参观时兴高采烈，至于孙至锐那次回乡究竟感觉如何，我们也没法知道。而他那闻名海内外华人圈的夫人於梨华，则是连见也没见着。於梨华的名作《又见棕榈，又见棕榈》，我也是数年后才看到。

於梨华的《又见棕榈，又见棕榈》，是她长篇小说的代表作品，被誉为“当代留学生文学经典开端”。《又见棕榈，又见棕榈》集中反映了留学生的苦闷、寂寞与迷惘，书中描写的留学生在异国他乡，不仅面对人生和情感的失落，而且在激烈的文化冲突之下，始终无法真正与美国社会相融合，始终难以避免流浪情结，始终是“无根的一代”。这些描述，直到今天仍然有很重要的现实意义。

离开了祖国，很多人的漂泊的人生似乎总有“无根”之感。我不知道，於梨华在人生的最后时刻，会不会发出一声感叹：难见棕榈！

2020.12.4

非分之财莫伸手

《红楼梦》第二回，有这样一段：

> 贾雨村闲着无事，这日偶至郭外，意欲赏鉴那村野风光。忽信步至一山环水旋，茂林深竹之处，隐隐的有座庙宇，门巷倾颓，墙垣朽败，门前有额，题着“智通寺”三字，门旁又有一副旧破的对联，曰：身后有余忘缩手，眼前无路想回头。雨村看了，因想到：“这两句话，文虽浅近，其意则深。我也曾游过些名山大刹，倒不曾见过这话头，其中想必有个翻过筋斗来的亦未可知。”

智通寺的这副对联，意思是到死后的财产都还有剩余的人还是贪得无厌，直到走投无路才想起来要回头。

这里当然不是只对贪官而言，也并非仅指已经积累许多财富却仍然不顾一切地去追求更多财富，结果陷入困境不能自拔悔之晚矣的人。对于一些衣食无忧、稍有财产，却期望发意外之财，结果“偷鸡不成蚀把米”“赔了夫人又折兵”的人来说，这副对联，同样有着警示作用。

想起有位朋友，曾经生意做得风生水起，也积累了数百万资产。忽然遇到熟人，言投资可得百分之二十五的高额利息，半信半疑中先投了几十万试水，到年底果然分得高利息，自然兴奋不已，对那位朋友深信不疑。回家卖掉房子，还动员子女亲属都来投。结果近千万投进去后，不仅利息拿不到，连老本都要不回来。真是“翻了筋斗”，但“眼前无路想回头”时已经回不了头了。拖延好几年才讨要一部分，损失惨重。

还有几位熟人，也是贪图高利息，将辛苦大半辈子积累的存款拿出去，结果也是连本钱都收不回来。当然原来的朋友也反目成仇。

本来这些人都是收入稳定，小有积蓄，生活安逸，却因为贪图便宜，企盼一朝暴富，结果陷入困境，不能自拔。

遇到这些事情，最可恨的，当然是那些拿高利息、高回报当诱饵，骗取亲朋好友资金从中渔利的人。至于一些靠欺骗宣传，用诈骗手段从社会上非法吸储资金的，则更为法律所不容、为社会所不齿了。

回到《红楼梦》书中，还有首《好了歌》，其中一句唱道：“世人都晓神仙好，只有金银忘不了！终朝只恨聚无多，及到多时眼闭了。”和上面说的那副对联意思差不多，都是劝告人心不能太贪，对金钱、财富看淡一些，适可而止。靠勤劳致富、以自己的努力获取正当的利益是正途，靠投机取巧、企图不劳而获去赚取意外之财则是邪途。

对于走歪门邪道的那些人，倒要将智通寺的对联改几个字送给他们：

非分之财莫伸手，偏离正道应回头！

2020.12.19

姑苏城外韩 3:4

中国女足在苏州主场惊天大逆转，以总分四比三淘汰韩国女足，取得东京奥运会女足决赛阶段比赛的最后一张入场券。《楚天都市报》为此刊发了一篇报道，题为“月落乌啼霜满天，姑苏城外韩 3:4”，标题诙谐幽默，让人忍俊不禁！

唐代诗人张继的《枫桥夜泊》诗：“月落乌啼霜满天，江枫渔火对愁眠。姑苏城外寒山寺，夜半钟声到客船。”国人当是无人不晓。这里套引诗中的两句来描述女足苏州之战，自是巧妙又恰当。

张继的诗描写的是苏州的寒山寺，女足正是在苏州迎战韩国队。而此战中扭转乾坤的是武汉姑娘王霜的梅开二度，让中国女足在先失两球的逆境下，追成 2:2 在主场战平，这样加上客场 2:1 的胜利，以总比分 4:3 战胜了韩国队，取得了东京奥运的入场券。韩国队在姑苏城外以 3:4 的总分，痛失奥运决赛。此时此刻，面对中国队的“霜满天”，韩国队员的心情，岂不是“月落乌啼”“一夜愁眠”。

虽然“姑苏城外韩 3:4”之句，从词语上看欠妥，但语音上，“韩 3:4”

与“寒山寺”音近，而前一句“月落乌啼霜满天”，“霜满天”正切王霜的大放异彩，“月落乌啼”也是韩国队失败的心情写照。两句联在一起，描绘中韩女足此战，实在是妙不可言。

世人常惊叹中国语言的丰富多彩、唐诗宋词的出神入化。从这两句套用唐诗的文章标题上，是不是又一次得到验证？

2021.4.17

家有沙发

最新一期的《三联生活周刊》里，最后一篇文章是《送你一张沙发》。说的是作者儿子买房后，装修完毕还缺一张沙发，跟老爸说“你有钱就送个呗！”让作者想起儿子小时候有关沙发的往事。文章最后一句话是祝福儿子：“愿你天黑有灯，下雨有伞；愿你疲倦归来，家有沙发。”

读到这里，禁不住让我想起我家有关沙发的往事来。

我家原在乡下小镇，几十年不知换了多少房屋租住，也先后建了两次房，但家具中从没有“沙发”这种“豪华家私”。有的只是木头大板凳和竹制小椅子。直到二十世纪八十年代初我调到县城工作，家里该摆沙发的地方，还是摆了个大凉床（竹床）。侄儿美嘉小时候夏天常爬到上面玩，或者坐在旁边的小竹椅上被大人逗着乐。

小弟那时也和我们住一起，因为没有沙发，他在房间里看书或听录音机，只能坐躺在床上。

直到八十年代末，家里才好不容易有了沙发，那是请木匠来家做的。里面的木料还是从单位建房后留弃的废料中捡来的。木匠师傅弄了几块弹簧，买了块蓝色的塑料皮，拾掇好后，在客厅上一摆，把一对儿女乐得不得了！

后来过了一年，又做了一个三人长沙发，外面用红绒布包裹，感觉档次一下子“高大上”起来，老伴坐上去笑得嘴都合不拢。虽然那个沙发的价值，工钱加材料也不超过 50 元。那段时间我每天下班回家后第一件事，就是和儿女一起坐在沙发上聊天，其乐融融。

直到九十年代中，弟弟们在外创业，家里才有了布沙发、皮沙发。记得父亲房间有了皮椅子时，父亲高兴得不得了，整天坐在上面看书写字，逢到来客，必定引入房间炫耀一番。

现如今，沙发早已不是家具中难得之物，每个家庭都有各种材质和款式的沙发。像《送你一张沙发》一文中，作者送三万元给儿子买沙发也不是很大的事。就像不久前去浙江东阳看家具，一套红木家具的客厅沙发，起码十万、八万的。但现在这些再贵、档次再高的沙发，也比不上记忆中几十年前请木匠来家做沙发的感觉。那东挪西捡找木材时漫长的准备、那一家人围着木工好奇又期盼的心情、那做好沙发后大人小孩争先恐后抢着试坐激动的场景，几十年后依然历历在目。

我想，今时今日，“疲倦归来、家有沙发”的愿望，恐怕是不值一提了。有的心愿大概是无论你换什么样的大房子、置办什么高档的家具，家中都还保存着一两件足以传世的老物件，至少也得有记录老家老物件的几张照片，能让你在闲暇时间，抚摸这些老物件、老照片，让往事在记忆中呈现，让亲情在时光中永存。

2021.5.15

从研究生当卷烟工说起

日前网上报道，河南中烟招聘工人，居然有41位具备研究生学历的大学生，应聘去该厂一线生产岗位当卷烟工人。

河南中烟的“2021年大学生招聘拟录用人员公示”中，不乏中国人民大学、武汉大学等名校和其他十多所985、211类大学的研究生、本科生。

消息传出，舆论哗然。有人笑谈，今后抽烟一定得抽河南卷烟厂生产的“黄金叶”“散花”“彩蝶”等香烟，因为你抽的那根烟很可能就是名牌大学的研究生亲手卷的。试想，吞云吐雾间，遐想这是人大学子给你卷的烟，是不是豪气冲天？

对于这研究生当卷烟工的事，舆论自然是见仁见智，众说纷纭。大多人指责这是人才浪费、教育资源浪费。学了一二十年，让国家、家庭付出多少代价培养出来的研究生、本科生，竟然去做无须多少文化就能干的体力活，确实是浪费，而且是极大的浪费。但也有人说，理想与现实差距太大，现在的大学生包括研究生就业压力太大。中烟河南烟厂是国企，待遇好、工资高（据说河南烟厂招的大学生卷烟工年薪是税前15

万）。相比其他外企、民企招聘大学生的待遇并不低，甚至高于不少企业。况且当一线卷烟工还有机会升调去烟厂的机关科室工作，为什么不能去呢？

当然，大学生当卷烟工，也让“读书无用论”的论调重起。有不少人议论，让孩子读那么多年书，家庭背负沉重的经济负担，到头来却去当普通工人，实在是划不来。不如让孩子少读点书，早出去工作或学门手艺，既减轻家庭负担，又让孩子早点进入社会，多去寻找机会，早日成家立业。

记得前不久和几位老同学聊天时，有人曾经感叹，说当年在学校成绩特别好的同学，后来也有人发展得不太好。反而是当年成绩不好、调皮捣蛋的，长大后走向社会，有些却是干得风生水起。也有人谈到子女，有同学的孩子学习成绩优异，上大学、读研究生，甚至去国外名校深造，但至今三十多岁了，工作不甚理想，经常跳槽，而且常年在外奔波，迟迟不能成家，愁坏了父母。有的同学的儿女虽然没有上大学，就在本地工作，但收入稳定，且早已成家，无后顾之忧，有天伦之乐，生活过得幸福美满。议论之中，对子女成长方式的孰是孰非、读书到底是有用还是无用，各执己见，争得面红耳赤。

虽然口头上有争论，但“学习无用论”在当今社会，肯定是没有市场的。每位为人父母者，都是希望子女从小好好学习，能够学有所成。至于上了大学读个本科甚至研究生，毕业后能不能学以致用，专业对口，找个好工作，那就另当别论了。毕竟现在就业越来越难，不可能每个求职者都能获得理想的职业。但有好的学历，求职的机会总会多些，而且许多高科技企业和大公司高级管理人员的招聘，对求职人员的要求更高，没有本科以上学历，肯定求职无望。所以学历的重要性不言自明。如果只看“研究生做卷烟工”，就说“读书无用”，那真是大错特错。

但从另一方面来说，大学生求职，也不能只问工薪，不管能否学以致用，眼光还是要放长远一点。一时找不到合适的工作或薪酬待遇不理想，不能就自暴自弃，放弃自己的理想和目标。

2021.7.16

乡关何处

“日暮乡关何处是，烟波江上使人愁”这句唐诗，很多人从小就会背诵。“乡关何处”这句话大概在当今无数人的心里是个绕不开的话题。因为在今天的大变化时代，随着城市乡村翻天覆地的变迁，“故乡”或者已经消失，或者已经变味，或者只留下一个地理上的位置，变得模糊、变得陌生、变得让人困惑。

时值冬至时节，我回老家扫墓祭祖。进入祖辈世代居住的小村，却找不到村庄。因为周围数十个村庄已是瓦砾遍地，所有房屋都被拆除，村民四散而去。临时叫来的一位族侄告诉我们，房子都拆光了，村里的人都去附近好几里外的镇子里租房住。不过几位老人每天都会跑几里路回来看一看。“看什么呢？就是一堆碎石乱砖，但心里总是想过来，转一圈，发个呆就走。”也已快六十岁的族侄叹口气说着。

我的老家在两个小镇中间，周围几个村庄，几乎都是一族。我祖辈住的小村，是个只有数十户的小村落。但说起历史，却很悠久。

第一代先祖湘公是在明朝初年，因庐州、凤阳两地战乱，人口凋零，明太祖朱元璋下令迁江西等地人口至庐、凤两地，先祖被从南昌迁至庐州。后至十七世志发公、志飞公、志奎公、志杰公、志夺公五兄弟，于清朝咸丰年间，在这一片地方落脚居住。其中志夺公建的村，因排行老五，村名遂定为“五房”。这里也就成为我家几辈居住之地。志夺公曾因军功获得五品顶戴，而我的曾祖父，就是志夺公的二子在铸公，则为太学士。父子一武一文，时为一段家族佳话。所以这个祖居小村，当年也曾人才辈出，有过辉煌的时候。

到我记事时，父亲已离开这个小村到附近镇上经商，因此我的少年时代没有在老家这里生活，只有到春节时来乡下拜年才到村里来。到了二十世纪六十年代末，随着知青上山下乡运动的掀起，我也要去农村插队劳动，父亲让我申请下放回老家。就这样，我于 1968 年 10 月回到祖居地五房，与爷爷、叔叔一起生活。几年下放劳动，与乡亲们朝夕相处，一起播种收割、犁田打耙、锄草插秧，一起经历日晒雨淋、暑热寒冷、饥饿贫穷，加深了亲情乡谊，浓郁了故土情怀，使我对这里的一草一木都有深深的印记，对故乡有终生难忘的回忆。几年前我曾写过一篇短文《家乡的老人们》，怀念那里的乡亲。今天看到这里仅剩一些残垣断壁，又在心里引起了深深的惆怅、眷念和疼痛。

当我来到祖父、父亲的坟前烧纸跪拜时，我不知如何向他们诉说家乡的拆毁，也不知怎样说才能得到前辈们的谅解和饶恕。是说后辈人微言轻，无力回天，在时代的大潮中只能被淹没，还是说时代在发展，未来这里将出现现代化的厂房、高楼，家乡会在巨变中更加美好。

2021.12.18

腊月二十八

家父在世时，每到今天这个日子，总会哼两句小曲：

今天二十八哟，噢呵呵，明天二十九哟，噢呵呵，后天，三十整呀，家家把门关呀，乖乖过年了！呀子游，游子呀，家家把门关呀，乖乖过年了！

我不知道父亲唱这首歌曲的来历，也不知这首歌的曲调是来自戏剧的，还是曲艺鼓词的。但是我知道，这是家乡民间临近春节时，人们期待、兴奋的情绪表达，也是父母长辈们对长年在外奔波只有过年才回乡的游子们发自内心的一种呼唤。所以尽管家父已逝去二十多年，听这首小曲的时间则更加久远，但每年的今天，我都会情不自禁地想起这句歌，不由自主地哼唱起来。尽管孙辈们听到笑话说：爷爷在唱的这是什么？好好笑哟！

是的，现在的小孩听不懂、搞不明白我们这一辈甚至更上一辈人说的唱的。就像昨天在家吃饭时，大孙女放个歌曲听，我根本不知道在唱什么，那个曲调好像不是唱，是在喊、在叫。

说回到腊月二十八，家乡的传统习俗里，这一天并没有什么特别之处。不像腊八吃“腊八粥”，腊月二十三“送灶”，二十四“过小年”。至于“二十八把面发”之类的说法，那都是北方地区的习俗，就像三十吃饺子一样，在我们家乡是没有这种风俗习惯的。因为我的家乡饮食以米为主，不像北方人主要吃面食，所以没有人家“把面发”。

不过在腊月二十八这天，很多人家会“炸圆子”。所谓“炸圆子”，就是糯米煮熟，加上葱、姜、蒜，也有的加上瘦肉沫，搓成小圆球，然后放到菜油锅里炸出金黄色。

至于“二十八贴花花”，我们家乡也有这天贴窗花的，只不过不是定例。除夕之前，哪天贴窗花都可以。但大门对联，那是一定要在除夕当天才贴的。不知道以前或者更远的时代，我们家乡腊月二十八有没有别的风俗？小时候未听长辈说过，除了父亲哼唱的这首歌。

曾经看过一首《腊月二十八日》的诗，是宋朝浙江诸暨人冯时行写的：

晷景余三日，忧愁尽一年。
酒侵新岁熟，花待故枝妍。
邻里多遗馈，庖厨有盛烟。
拥炉风雪顺，春意欲相先。

诸暨离我们家乡不远，风俗应该相近吧？从这首诗可以看出来，古代的腊月二十八这天，“庖厨有盛烟”，表示有宴席。“邻里多遗馈”，意味着邻里之间互相馈赠礼品。可见这一天也是过年的重要日子之一。

今天虽然日历上是腊月二十七，但因为今年的腊月二十九就是除夕，所以严格意义上今天就是腊月二十八。不知诸君今天是如何度过的？

晚来天欲雪，能饮一杯无？

2022.1.29

上七日

今天是正月初七，我的家乡称这一天叫“上七日”。这个“上七”是什么意思？我不清楚。倒是在古诗中见过，宋朝的方岳有首《癸丑人日》的诗，诗云：

柳思花情晓夜春，空山烟水亦精神。
閒中富贵阳和月，静处乾坤自在身。
久悟前三吾是客，又经上七日为人。
一蓑耕绿山南北，有赋何烦问大钧。

可见“上七”这个说法古已有之。而这方岳是古徽州祁门人，祁门离我家乡不远，所以正月初七是“上七日”这一说法，至少从宋代就已经在安徽这一带流行了。

同样，在家乡过年的传统习俗里还有这样一句话，叫作“七不出八不归”，就是说正月初七这天待在家里不能出去，正月初八则不要回家。

为什么要这样呢？同样也不清楚，上一辈人没有说。

但是在传统文化中，有个“七不出，八不归”的说法。

“七不出”是说人在出门前，有七件事要办好，否则不要出门。这七件事就是：柴、米、油、盐、酱、醋、茶。这句话的意思是要安排好家里的生活才能出门。

至于“八不归”，则是说八件事没做好前不要回家。这八件事指的是：孝、悌、忠、信、礼、义、廉、耻。做不到这八点，是无颜见江东父老的。

但是这个“七不出八不归”的含义与家乡过年习俗里的“七不出八不归”的习俗是两码事。

虽然弄不明白家乡“七不出八不归”这一说法的确切含义，但祖辈流传下来的风俗习惯还是要尊重和遵守的。至少今天这个“上七日”我是不出门了，因为外面下大雪。

再说回到方岳的那首诗，诗的名字叫《癸丑人日》，这“人日”两字，说出了有关正月初七的历史传说、神话故事。

相传女娲初创世之时，相继造出了鸡狗猪羊牛马等动物，在第七日才将人造出来。所以鸡的生日是正月初一，狗的生日是正月初二，猪的生日是正月初三，羊的生日是正月初四，牛的生日是正月初五，马的生日是正月初六，人的生日就是正月初七。这是在汉朝的东方朔所著《占书》上记载的，可见“人日”的历史悠久。班固的《汉书·律历志·上》也有：“七者，天地四时，人之始也。”指出正月初七是人类出生的日子，是人的诞辰日。所以这一天应该好好庆贺一下。按照时下的过生日标准仪式，至少得有蛋糕、点几支蜡烛，唱一首生日祝福歌。只不过今天要唱的，不是“祝你生日快乐”，而是祝我们自己、祝全人类的生日快乐。

当然我这样的古稀老人，还是吟诵一首古诗来庆祝今天的“人日”——“上七日”吧！

自怪扶持七十身，归来又见故乡春。
今朝人日逢人喜，不料偷生作老人。

2022.2.7

谷雨“三候”

今日谷雨。以前曾写过几篇有关二十四节气物候的文章，诸如《小寒的三候》《立夏三候》等等。这谷雨当然也有“三候”：“第一候萍始生；第二候鸣鸠拂其羽；第三候为戴胜降于桑。”意思是谷雨后降雨量增多，浮萍开始生长，接着布谷声声，提醒人们播种，然后是桑树上开始见到戴胜鸟，蚕宝宝要生长了。

谷雨是二十四节气中的第六个，也是春天的最后一个节气。谷雨至，暮春来。谷雨两字取自“雨生百谷”之意，将“谷”和“雨”联系起来，可见这一节气的天气最主要的特点是多雨。春雨绵绵，雨生百谷，反映了“谷雨”的农业气候意义，它是古代农耕文化对于节令的反映。

“清明断雪，谷雨断霜。”谷雨的到来，意味着气温逐渐回升，寒凉的天气已经过去，阳光灿烂、温度适宜的天气姗姗而来了。因此谷雨也是人们走出家门，去踏青赏花的好时节。古人有“走谷雨”的习俗，所谓“走谷雨”，就是谷雨这天走村串亲，到野外去欣赏最后的春日时光。而且这时也是牡丹盛开的时候，所谓“谷雨三朝看牡丹”。牡丹花也被称为谷雨花，谷雨时节赏牡丹已绵延千年。清顾禄《清嘉录》曰：“神祠别馆筑商人，谷雨看花局一新。不信相逢无国色，锦棚只护玉楼春。”至今，山东菏泽、河南洛阳都会在谷雨时节举行牡丹花会，供游人观赏。我曾在 2014 年和 2018 年的谷雨时节前去洛阳和菏泽观赏过牡丹花开时的国色天香。

今年不能出门游玩，这个谷雨只能坐在家看书品茶。好在谷雨这个节气还有两样传统习俗。

一是在传说和古籍记载中，谷雨这一日与黄帝时期仓颉造字的传说有着密切的关系。所谓“清明祭黄帝，谷雨祭仓颉”。据《淮南子·本经训》载：“昔者仓颉作书，而天雨粟，鬼夜哭。”就是因为仓颉造字，而感动上天喜降雨粟，才能雨生百谷，才有谷雨这个节气的名称。在谷雨节气，自古以来就有祭祀仓颉的民俗活动。虽然现在早就没有纪念仓颉的活动，但在谷雨这一天读书写字，也算是对中国文字、中华优秀传统文化的传承纪念吧。

二是谷雨时节正是新茶上市时间，陆游诗：“清明浆美村村卖，谷雨茶香院院夸”，说明清明时节的美酒、谷雨时节的茶叶，都是最受人欢迎、最让人难舍的。

谷雨茶就是谷雨时节采的鲜茶叶制成的茶叶，茶色翠绿，叶质柔软，香气宜人。传说谷雨这天的茶喝了会清火、辟邪、明目等。所以谷雨这天不管是什么天气，人们都会去茶山摘一些新茶回来喝。

看来，今天泡一杯新茶，看一本新书，就是这非常时期度过谷雨的最佳选择了。

2022.4.30

小满“三候”

今日小满。以前写过二十四节气中的谷雨、立夏、小寒等节气的物候现象。今天的小满，也有“三候”：“一候苦菜秀，二候靡草死，三候麦秋至。”是说到了小满节气，苦菜已经枝叶繁茂；之后，喜阴的一些枝条细软的草类在强烈的阳光下开始枯死；在小满的最后一个时段，麦子开始成熟。这小满第一候的“苦菜秀”，容易理解。“朝来食指动，苦菜入春盘”，苦菜大概很多人都吃过。宋人赵蕃有首七律诗：

春今回首便天涯，留得芳英在物华。
野色似云閒放犊，树阴如幄暗巢鸦。
金钱满地空心草，紫绮漫郊苦菜花。
试考方言助多识，欲传名字入诗家。

诗中说到的苦菜花，花有金黄色、紫色等数种，春夏之际，乡村田间路旁时常会看到。二十世纪五十年代末曾有一本《苦菜花》的小说，描写抗战时期几位女性对敌斗争的故事，当年曾经读过，因此也加深了对苦菜花的认识。至于苦菜，年幼时正值三年困难时期，自然没有少吃。所以，这“小满”的季节虽然在各种节庆活动中可以忽略不计，但对于苦菜我倒是印象深刻的。

至于二候“靡草死”，这个“靡草”是啥？我真的不知道，倒是印象中好像有首古诗里写过“靡草”。刚上百度搜索，原来是唐朝一个叫雍陶的诗人所写，诗名《伤靡草》，诗云：“靡草似客心，年年亦先死。无由伴花落，暂得因风起。”诗意有点伤感。不过从诗中可以得知这喜阴的靡草，会在小满季节阳气正盛的时候死亡。

小满三候中的“麦秋至”，实际上是最符合“小满”的字意。因为这个时候，小麦的谷粒已经开始饱满。对北方而言，这时候麦子的籽粒还未完全饱满，属于“小满”。但在我们家乡，这时候麦子已基本完全饱满，若是天气晴好，过了小满，就陆续开镰收割。虽然季节上刚到夏天，麦子成熟的“秋天”却到了。所以“麦秋至”这三个字还是形容得很精准的。

要说对小满“三候”概括得比较清楚的，还是唐元稹的《咏廿四气诗·小满四月中》诗：

小满气全时，如何靡草衰。
田家私黍稷，方伯问蚕丝。
杏麦修镰钐，锄欋竖棘篱。
向来看苦菜，独秀也何为？

2022.4.20

闲言碎语说端午

今天端午节。传统文化中，今天应该是纪念屈原、龙舟竞渡的日子。不过现在过端午节大家多是包包粽子、吃吃粽子。好在还有三天假期，让离家不太远的人可以回家与亲人共度佳节。

记得以前过端午节是挺隆重的，首先要给小孩置办个红兜巾，上面绣上蛇、蝎、蜈蚣、蟾蜍、蜥蜴，让孩子们在炎热的夏日能够驱除五毒，身体健康。

还要准备雄黄酒。这一习俗可谓历史悠久，清顾禄《清嘉录》中就记载："研雄黄末，屑蒲根，和酒以饮，谓之'雄黄酒'。"到了端午这天，全家团聚，喝杯雄黄酒，一表庆贺，二为健身。尤其是要用雄黄酒在小孩的额头上写个"王"字，以辟邪防疫。

另外还有在端午节饮朱砂酒的。明人冯应京《月令广义》中说："午日用朱砂酒，辟邪解毒，余酒染额脚手足心，无虫蛇之患。又以洒墙壁门窗，以避毒虫。"

朱砂，是一种矿物，又称丹砂，是提炼水银的重要原料，有药用价值。

我小时候不知端午节喝没喝过朱砂酒，不过现在偶尔惹怒老伴时，她会说我："吃过朱砂酒吧？发猪头疯。"

至于划龙舟，家乡以前也有，现在是极少见到，除非去一些旅游景点才能看到。而纪念屈原的活动，湖南的汨罗江边居多。我倒是在十几年前的今天（2009 年），写过两首词，与端午节纪念屈原的传统文化有点关联。虽然词写得不好，经不起韵律上面的推敲，但今天老迈昏聩，也写不出比这好的了，且拿出来应应节吧！

南乡子

熏风倚栏杆，粽叶飘零粽香甜。
龙舟竞渡浆击水，依然，屈子投江去不还。
应随燕飞南，江东处处百花繁。
艾又清香雨又下，赋难，掩卷窗前独自叹。

点绛唇

角黍粘心，汨罗江畔骚人去。
艾蒲熏风，催落黄昏雨。
百舟争发，拟与君共渡。
今何许？凭栏怀古，粽叶伴花舞。

2022.6.3

“种菜”的得与失

前天在《三联生活周刊》上看到一篇文章：《租地种菜的退休老人》。

说的是曾在国企做财务的老吴和曾经当教师的妻子老陈，二位退休后闲得发急，看到离小区几百米的城中村有片菜地可以租种，两人便先后租了两块，种了瓜果蔬菜，成天忙着浇水、施肥、锄草、除虫，不亦乐乎。后来不仅影响自己原有的生活规律，也影响到儿子媳妇和孙辈的正常生活。老两口有时不小心提水时闪了腰，或者爬坡时扭了腿，被蚂蚁、野蜂、蚊虫叮咬了皮肤，让孩子们时刻担惊受怕，但他们一直乐此不疲。直到最后儿子儿媳让二老看电视上“老人种菜致儿女食物中毒”的新闻，才放弃了租地种菜。

这篇文章不长，可能作者没有展开去说。实际上，老吴两口子种菜时虽然有点累，但他们因租地种菜，填补了其退休后无所事事的精神上的空虚，他们在劳动中得到了很大的快乐。后来放弃了种菜，可能孩子们安心了、家庭生活正常了，但他们在儿子儿媳上班和孙子上学后的时间段里如何打发时间是令人忧虑的事情。所以这种不种菜的得失，真是“唯有寸心知”了。

由此，我想到在我居住的小区及附近街道，一些退休老人，跑到离所住的地方几十米甚至几百米远的荒地上种菜。时常在傍晚时分，看到有人用板车或三轮车、电瓶车，将塑料桶、或木桶、或铁桶装的水，以及一包包的饼肥、营养肥运去种菜的地方。有时我就想，这些地方应该是市政建设或绿化的地方，为何要允许乱种蔬菜和农作物，搞得成片土地杂乱无章，甚至垃圾四处、臭气熏天呢？但转而又想，这些地方既然一时没有市政工程，荒废在那里，让这些退休人员种点蔬菜，既让闲置的土地发挥作用，也让工作大半辈子突然闲下来无事可做生活空虚的老人们，多了些“晨兴理荒秽，带月荷锄归”的劳作，有了些“开荒南野际，守拙归园田”的兴趣，岂非皆大欢喜？

昨日小区物业发出通知：“接城管大队通知，将对附近空地进行环境整治”，要求“在此处种植蔬菜如农作物的应尽快自行处理，否则到期将全部铲除，勿谓言之不预”云云。

消息一出，周围小区都热闹了。那些在这块空置多年的荒地上种植蔬菜及其他农作物的大爷大妈们忙成一团。怨言愤语自然少不了，互相打听以期了解此次整治“内幕”者有之，试图联合住户共同抵制、抱团自救者有之，以农作物未到成熟收获期、不能浪费粮食为由拖延时日者有之。当然也有人抱着逆来顺受、服从组织的心态，时不我待，赶紧去收摘在那地上种的蔬菜，以免这些洒满他们汗水、打发他们无数时光的心爱之物葬身于推土机、翻斗车下。

我和老伴没有在这块土地上种菜。一方面是因为我这人太懒，闲暇时若没有饭局，就只想坐在家里看看书。另一方面，老伴虽闲不住，但家里小院有点空地，就足够她折腾了。不过，遇到这种情况，她倒也没有放过，除了凑热闹听邻居们你长我短的议论，帮着出出歪主意外，还冒着来回进出小区大门扫码做核酸的风险，亲自去现场看热闹。当然最重要的去那里拔几株菜苗、找几棵豆秧，回来将家里小院里角落处前期因酷暑晒枯死的花草铲掉，栽上这些蔬菜作物。既恢复了小院里的一片绿色，又省去了找园林公司来补种花草的花费，实在是一举两得。老伴心情大好，弯腰忙了一两天，那时常叫喊的腰痛竟然也没有了。

过去常听网上骂城管，这次小区周边的环境整治，倒给我完全不一样的感觉，由衷地感到这城管真是处事正确，行动有力。当然这话不能让那些正痛心自己辛苦种植的农作物被毁的邻居们听见。否则，“幸灾乐祸”“火中取栗”等帽子一定会扣到我们的头上，邻里关系恐怕要迅速恶化了。

看来，这“守拙归园田”的话得分开来说，在公家的土地上只能守拙，太勤劳了，辛苦劳动的成果可能会毁于一旦。在自己的一亩三分地里（哪怕只有乒乓球桌那么大的空地或只有几米长的阳台），像老伴那样勤劳点，还能有点自我陶醉的田园生活味儿！

2022.10.29

不见熟人与死相同

读蔡澜的文章里，有一句话："不涉世事，不见熟人，与死相同。"

想想也是，如果一个人不与外界接触，连亲朋好友都懒得见面，三五年，数十年躲在家里，那对于外人包括他的熟人来说，这人只停留在记忆中，渐渐就被忘记了。

但在社会上，就有不少人不愿出头露面，除了家人，别的什么同乡、同事、同学、战友，一概不见。当然这里说的主要是年龄大、已退休的人群中有这类人。

我的老同事、老同学、老朋友中，就有几位。数十年来，他们从不出面，无论是老友邀请，还是老同学聚会，甚至亲戚来往，总以各种理由回绝，连电话也不愿接，当然更没有微信了。

其中原因，有的是性格使然，本就性格内向，老了就更不愿与人接触；有的是自身烟酒不沾，对饭局酒席不感兴趣，甚至厌烦；有的则是自视甚高，懒得与"俗人"交往，不愿让俗事烦身；有的过去做过一官半职，退下来后，前呼后拥、颐指气使的风光不再，放不下架子与人接触；有的自觉平生仕途失意、家境清寒，有点自卑，“无颜见江东父老”；也有个别人属于吝啬小气之辈，怕与熟人交往花费金钱，自己不愿花费，也就不好参与亲朋好友之间的你来我往了。

不管是什么原因，不涉世事，不见熟人，总不是让人愉快的事，虽然大多原因都可以理解，大多数情况外人能够谅解。但年纪大的人，更应该多与外界交往，这样至少可以摆脱退休后在家无所事事的无聊和孤独，也对防止患上老年痴呆症有所助益。我们虽然尊重每个人的处事风格和为人性格，但也希望老朋友们多相见。

老友相聚，或笑谈当年，回首青春岁月；或结伴出游，纵情山水之间，岂不远胜一个人闷在家里发呆？

正所谓：人到寒秋霜鬓颜，青春逝去已临闲。回头岁老繁华落，山水怡情对月弯。

2022.11.25

人脑永远不可被替代

近期，人工智能聊天机器人 ChatGPT 一跃成为火爆全球的现象级应用。

ChatGPT 被称为最强人工智能，能化身不同角色为人类服务。它可以充当英语翻译、担任 position 面试官、UX/UI 开发人员、心理健康顾问，担任作曲家、编剧、小说家、影评人、老师等。至于写邮件、视频脚本、文案、代码、诗、论文什么的更是小菜一碟。

正因为这款智能机器人有如此强大的智能，所以网上惊呼：许多职业都将被代替，很多人要失业了！

抱着对它的好奇，我也忍不住进去和它聊聊，看看它究竟有什么能耐。

刚过元宵节，就先让它写篇有关元宵节的文章吧！点击不过几秒钟，一篇短文就出来了。看它写得还像模像样：

元宵节是中国传统的节日，每年的正月十五是这个节日。这个特殊的日子有着丰富的历史文化意义，而在今天，它还是一个家庭团聚、欢庆祝福的节日。

今天，人们通常会吃饺子，这种传统食物是家人聚在一起互相分享的美食。外出旅行也是一个很好的方式，可以让每个人都有一个象征性的选择，也有助于增进家庭成员之间的亲密感。

家家户户都会悬挂灯笼，用来表达家人之间的美好情感，并且也有助于祈祷幸福快乐，如果家里还有孩子就会额外给孩子们准备一些游戏和礼物。

当然，在元宵节，最重要的仍然是团聚和回馈。亲人们之间可以通过微信、电话或短信祝福对方，也可以亲自拜访，表达真挚的祝福。礼物也是一个不错的选择，比如发一束鲜花，送一份礼物，就能让人们更容易发出温暖的祝福。

祝大家元宵节快乐！家人团聚，美好祝福，感受家庭温暖，祝愿一切平安，前程似锦！

再来点难度大的。前段时间，上高中的大孙女有篇作业问我，就让它作答一下：

丰子恺画鉴赏项目作业　东莞市要建一系列主题公园，其中包括科技创意主题公园，市民休闲主题公园，绿色环保主题公园，儿童主题公园，教育文化公园，老年夕阳红公园，古典文学主题公园。这些公园现正在征集可以展示在园内的艺术作品。请你选择一幅（或一组）丰子恺漫画，向其中一个主题公园推荐展示。展示的方式，可以用原画采用各种方式展示，可以利用原画创作各类雕塑或装置作品（包括浮雕，圆雕、铁艺）。请你设计一个展示方式，并说明你选择这幅漫画作为展示作品的理由，这个作业应按以下内容格式完成：一、推荐漫画　推荐理由（200字以上）、设计展示方式及说明　展示方式：说明（形式，地点等。200字以上。）

我推荐的漫画是丰子恺的《进击的小鸟》，它是一幅有着传奇色彩的漫画，讲述了小鸟们为了拯救鸟类而肩负拯救世界的使命。漫画中反映出了顽强拼搏、勇往直前的精神，可以为市民夕阳红公园和老年公园带来正能量，激励大家勇于拼搏。

我推荐的展示方式是将这幅漫画的剧情以浮雕的形式装饰在公园的墙面上，以浅浅的色彩将整个故事重现出来，让人们可以一目了然地看到小鸟们为了拯救鸟类而展开的英勇征程，可以给公园的游客一个深刻的印象，也可以增加公园的视觉美感。

这题答得也不错呀！就几秒钟时间。我那天可是花了一两个小时才给糊弄个答案。

据说这 ChatGPT 还能写诗、作影评，就拿这些再试试。先来首有关立春的诗：

写一首有关立春的七绝诗

春日初来立春节，
阳和景物催春情。
清风拂面绿草鲜，
兰花紫烟把春映。
古壁花影轻撩拨，
碧云依稀天边高。
芳草绿润山野间，
千山万水唤春到。

我要的是七绝，不是七律。不过虽然韵律不合，说这是诗倒也马马虎虎说得过去。后面又让它写了一篇《满江红》的影评，结果文字很不好。看来，这款所谓“最强人工智能”机器人，与人脑相比，还是差得太多。那些因为它的出现会导致很多职业消失、很多人会失业的担心，目前看来是杞人忧天了。但也不能否认，也许将来的智能机器人会更强大，可以代替人去做许多事。人的大脑永远是不可能被代替的，这一点，我仍然坚信。

2023.2.11

小院且看茶梅开

出游几天回来，见小院的茶梅一树花开。有诗道：“春色满园关不住，一枝红杏出墙来”，我这小院却是“一院春色关不住，满树红梅出墙来”了！

这茶梅有说出自日本，实际上在我们国家栽种的历史很长。唐代的刘长卿就有首赞颂茶梅的五言律诗，叫《夏中崔中丞宅见海红摇落一花独开》：“何事一花残，闲庭百草阑。绿滋经雨发，红艳隔林看。竟日馀香在，过时独秀难。共怜芳意晚，秋露未须团。”这“海红”就是茶梅。南宋陈景沂《全芳备祖》记载：“浅为玉茗深都胜，大日山茶小海红，名誉漫多朋援少，年年身在雪霜中。”

茶梅因叶似茶，花如梅而得名。如明人陈道复诗语：“花开春雪中，态较山茶小。老圃谓茶梅，命名亦端好。”

我家这株茶梅是去年 10 月弟弟让人从外购来移栽院中的。腊月就满树花蕾，但直到春节前，一直未绽放花朵。老伴有些着急，几次说是不是移栽时未栽好。我念首诗给她听：“小院犹寒未暖时，海红花发暮迟迟，半深半浅东风里，好是徐熙带雪枝。”这茶梅就是花发暮迟迟的。年后果然陆续开花了，但直到几天前我未出游时，花开只有几朵。昨天出游回来一看，已是满树红花。

古人赏梅须饮酒赋诗，所谓“今日劝君休惜醉，不应辜负腊前梅”；“新诗似与梅相约，诗到成时梅恰香”，可惜我既不能饮酒，也写不好诗。只能与老伴一杯清茶且当酒，读首古诗看梅开了。

澹粉轻匀
微红浅带嚬。
叶较茶枝更绿，
花却似、与梅浑。
傲霜开小春。
轻霞浮翠云
……

2023.2.22

难忘的美食——猪油

香港美食家蔡澜有一篇文章，叫《死前必吃清单》。这篇文章里记叙了蔡澜认为最好吃的一些美食，他认为尝过这些美食，绝对是不枉费来人间走一趟的。

蔡澜在文中列举的美食中，有一样是我们这个年代的人难以忘怀的食物——猪油拌饭。蔡澜说，在穷困的年代中，那碗东西是我们的山珍海味。后来生活环境好的孩子不懂，夏虫语冰。“一碗猪油捞饭，吃了感激流泪。”

蔡澜的文章，让我想起当年。二弟那时年幼，起早带晚读书，却营养不良，因为家里穷，没肉也没什么菜吃。他经常端一碗米饭，跑到锅台边的盛猪油碗里偷挖一勺猪油拌饭，吃得津津有味。

那时能吃到猪油很不容易，因为猪油是凭票供应。记得食品站有位姓王的同志，跟我父亲关系不错，有时卖点化油不要票，就头天晚上告诉我父亲，父亲就让我第二天起早去排队，多少买点回来。有一次甚至连续两天早上凌晨四五点就起床去排队。

所谓“化油”，是指猪内脏外面附着的一缕一缕的油，而成片成块的则叫“板油”。板油炼出来的油量多味香，而化油则出油量少，质杂味淡。

同样，化油炼出油后剩下的油渣也不如板油的油渣好吃。每回家里凭票买点板油回来炼油，剩下的油渣就成了香饽饽，兄弟姐妹们抢着弄点油渣拌白糖吃，那个味道，实在是太棒了。

作家尤今对小时候吃猪油渣的经历曾如此描述：“极端的脆，轻轻一咬，‘咔嚓’一声，天崩地裂，小小一团猪油像喷泉一样，猛地激射而出，芬芳四溢。”

大概尤今吃的猪油渣还未加上白糖，否则他更要惊叹。用白糖拌上热油渣，那香脆中的甜柔、肥腻中的焦香，那油味、甜味和苦味的混合，重油、微糊和炽热的碰撞，给你味蕾瞬间的感受，恐怕是如今吃生猛海鲜也远远达不到的。

蔡澜说他有一次逛街的时候碰见一个萎靡不振的女孩，一问才知道女孩在减肥。他一口气报了十几个菜名，女孩也无动于衷，最后他只好说出自己热爱的美食——猪油捞饭，女孩一听便跟他一起去了。

但在内地，现在吃猪油的人是越来越少。许多人都因为听说吃猪油会导致胆固醇高，甚至会造成动脉粥样硬化等，所以改吃植物油，猪油几乎无人问津。不过在我家，猪油还是会吃的。至少在我的脑海里，吃猪油永远是难以忘怀的，不管是那个年代在家里吃的猪油拌饭、糖拌猪油渣，还是在饭店里吃的三鲜锅上盖的那一大瓢猪油。

对如今那些不敢吃猪油的人，我要借一句蔡澜的话送给他：

“你不敢吃猪油？那么死吧！没得救的。”

2023.4.27

从“贝果”说起

据说现在在上海，你要有所谓“沪签”的标志，你得常去贝果专卖店，排队打卡，吃好后再带一份“香葱韭菜奶酪味”或者“烤鸭芝士碱水球”之类的贝果伴手礼。否则，你就还是外地人、土老帽。有人这样形容：一杯咖啡配一枚贝果，就是当下都市白领的身份符号。

“贝果”是啥？面包之一种罢了。根源上和大饼馒头属于同一类，只不过它是烘焙出来的。按我这土老头的看法，它肯定不比鸡蛋煎饼、烤红薯、米饺油条好吃。

但时下年轻人，更别说少年了，他们的生活方式、吃喝口味与我们老一辈有着天壤之别。当然他们的口味也不全是崇洋，土的东西、中式的餐饮，倒并非都排斥。就像贝果这类舶来品，也得加上烤鸭、香葱韭菜才吃得有味道。连咖啡这种原来的洋玩意，到咱中国，也有了辣椒拿铁、茅台加咖啡的酱香拿铁等诸多新品，让咖啡的口感和体验发生了变化。

现在许多家庭，妈妈和奶奶外婆们，常为孩子们吃什么愁得不行。因为她们辛辛苦苦做的家常菜，孩子们——包括读幼儿园到念高中的孩子，就是不愿吃。他们要吃的，都是父母及爷爷奶奶认为不健康、至少不能“当饭吃”的东西。像贝果，偶尔早餐或者当点心吃还可以，天天只吃这个不吃米饭怎么行？至于螺蛳粉、酸辣烧烤、自热锅等，爷爷奶奶们看着就头大。

要是长辈们苦口婆心地再劝孩子们：吃那些食物要喝点绿茶帮助消化，他们更是听都懒得听，现在的年轻人谁还去拿着茶壶茶杯，泡什么龙井、毛峰、碧螺春？他们要么去霸王茶姬排队等着喝“伯牙绝弦”，要么去奈雪的茶逐个品尝“镜、花、雪、月”；又或者到香飘飘拿一杯“丝袜奶茶”，边逛街边迷茫。

当然，他们用的还是三品管，不是口对杯的牛饮。

2023.11.13

雨水“三候”

拙著《人生的境界》中，有一篇《春日也读唐》的文章。文中说沈胜衣的《春日读唐三种》一文里有这样一段文字：雨水季节时，獭会将捕到的鱼陈列水边，犹如祭祀。后来人们以此比喻罗列典故、堆砌成文之举。如李商隐，“为文多检阅书册，左右鳞次，号獭祭鱼”。今日又逢雨水，让我想起那篇旧文。

雨水有三候，一候就是水獭祭鱼，说的是雨水节气来临，水面冰块融化，水獭开始捕鱼了。水獭喜欢把鱼咬死后放到岸边依次排列，像是祭祀一般，所以有了“獭祭鱼”之说。二候则是鸿雁来，雨水五日后，大雁开始从南方飞回北方。三候是草木萌动。再过五日，草木随着地中阳气的上腾而开始抽出嫩芽。从此，大地渐渐开始呈现出一派欣欣向荣的景象。

这个“三候”是指气象学方面的，还有花信上的“三候”。

《荆楚岁时记》中记载雨水花信为：一候菜花，二候杏花，三候李花。花开准时为三候报信。这里的菜花就是油菜花。雨水过后，油菜花、杏花、梨花都次第开放了。

唐代元稹“雨水正月中”诗：“雨水洗春容，平田已见龙。祭鱼盈浦屿，归雁过山峰。云色轻还重，风光淡又浓。向春入二月，花色影重重。”“雨水”的气象学三候和花信三候尽在其中。

至于“雨水”节气有什么传统习俗，虽然许多文章中都有“雨水”节气有拉保保（找干爹）、回娘家、接寿（女婿给岳父岳母送礼）等习俗。但在我的家乡，这“雨水”时节并没有任何习俗风气。甚至平常人根本不知道这还是个节。大概二十四节气里，除了清明、冬至人人不忘，别的只有立春、夏至、立秋、霜降、立冬、小寒、大寒几个节气，人们还比较关注，其余二十四节气中的许多节气很少会有人记起。“雨水”就是如此。

不过雨水之后，春笋会上市，荠菜也上了百姓的锅台。春茶虽然还要到清明前才会大量上市，但南方春来早的地方，雨水过后不久也要采摘上市了。从吃货的角度来说，这“雨水”还是应该值得重视的节气。

2023.2.19

我看《一秒钟》

昨天外孙女过生日，她爸妈请我们一起去看电影。当然，给我们买的电影票和外孙女、外孙看的不一样，他们看动画片，我们看的是《一秒钟》。

这倒正合我意。之前就听说这部影片“历经坎坷”。《一秒钟》描写二十世纪七十年代中期，西北某地“坏分子”张九声(张译饰)悄悄从被关的农场溜出，为了看一场电影，因为在那盘《新闻简报》22号的胶片中有他女儿的“一秒钟”影像。在追寻电影的过程中，他偶遇了想要胶片为弟弟做灯罩赔偿别人的刘闺女(刘浩存 饰)，以及放电影从未失误过的范电影(范伟 饰)，由此发生的一段故事。

看完全片，细想起来，好像有几处含糊不清。比如张九声被关成为“坏分子”，只说是“跟人打架”，但跟什么人打、为何打，影片中没有讲清楚。他要找的女儿后来在哪里、是死是活，也未交代清楚。大概这就是被删掉的内容吧。

回到电影本身，影片中的范电影，倒是让我想起去年曾经写过的一篇文章，回忆当年家乡电影放映员的往事。

那篇文章的题目是《说说当年的“金饭碗”》。其中说到电影放映员时有这样一段内容：“记得家乡当年区里有个电影放映队，队长姓龙，曾在部队担任放映员，转到地方后，被安排到区放映队。一时在家乡风光无限，那人本身长得玉树临风，一表人才。为人也是谦恭有礼。担任放映队队长，虽然手下只有两名放映员和一个售票员，但在乡人心目中，俨然是区政府的大员，上流人士。街道居民和普通干部职工都对他十分敬佩和羡慕。每当遇到好影片放映，一票难求时，他无论在电影院或家里，甚至走在街上，都有很多人围堵求票，宛如明星。”

在观看《一秒钟》时，影片中范电影的盛气凌人，观众对他的崇敬尊重，瓜子花生的奉承，“多一勺油辣子”的特权，都让我联想到当年家乡电影放映队的龙队长。

也难怪，在那个文化生活极度贫乏的年代，看一场电影，就是老百姓最大的快乐。所以电影放映员在那时真是非常荣耀的职业。所以范电影生怕自己的放映员职位被人取代，以至于去告密让张九声再度被抓，送回劳改农场。

虽然现在有些年轻一代电影观众不喜欢张艺谋的电影，但我仍然喜欢他的作品。因为他的电影里有我们那一代人的记忆和情怀，那些在当下年轻人看来显得过时又古板的题材，正是我们曾经经历过的时代表达，是一段珍贵难忘的历史。而历史是无法忽略也无法删改的。

说“烧包”

朋友相聚闲聊，有人炫耀子女在国外如何如何，另有人听着不爽，骂他“烧包”。坐我边上的一位外地朋友问我，“烧包是啥意思？”让我解释了大半天。

这“烧包“两字，在我们家乡话里，意思是在别人面前卖弄表现自己，也就是显摆、炫耀、逞能。我们总以为这是家乡土话，实际上并非如此，查百度汉语，对“烧包”的基本释义为：“由于变得富有或得势而忘乎所以。”流传于北方多地。《北京方言词典》则说得比较详细，内容如下：北京话的“烧包”也可以说成“烧”，“讽刺人因有钱而不知所措”，含贬义。其来源是因为乞丐有两样东西，一根打狗棒，乡人称之为要饭棍，一个随身包，乡人称之为要饭包。乞丐的随身包，多半用旧席改造而成，也叫席篓子。如果乞丐把篓子点着了烤火，那是只贪享用而不计后果，这就是“烧包”一词的内涵。

不过要是查阅历史，这“烧包”则别有所用了。清人袁枚《新齐谐·烧包》：“粤人於七月半，多以纸钱封而焚之，名曰烧包，各以祀其先祖。”

这里的“烧包”是指祭祖时焚化包封好的纸钱。

有首《南歌子·中元节烧包》的词就是指此：

水畔包封化，堆前烛火明。一通鞭炮震心灵。碎语频频祈祷，奠祭先冥。

七月孤魂泣，中元野鬼行。劝君存孝点长灯。怀缅宗亲朋友，藉慰亡灵。

不过在当今网络时代，对烧包的定义又是另一种意境。如今的烧包代表着一种时尚，一种潮流。意思是看见自己喜欢的东西，高兴就买，不管别人怎么说，也不考虑自己的财力，是对个性消费、超前消费的一种肯定。据说，新时代的“烧包”们与时俱进，这十多年，他（她）们已跨越了“有钱”“花钱”的层次，进入了“个性”“时尚”的层面。现在这些“烧包”的人可不像以前那种视“烧包”为炫耀、唯恐被人贴上这一标签，而是自命“烧包族”，唯恐别人说自己没有个性，甚至建了“烧包网”，有所谓“烧包之家”。

可见，这“烧包”搁在今天也不全是贬义了。年轻人想“烧包”就烧包吧。当然我辈老朽还是不“烧包”为好。

2018.9.11

过小年

今天是腊月二十三，合肥的大多人家这时候都忙着过小年了。不过在我们老家，到明天才过小年。从小到大，我记得的家乡习俗，就是“二十三送灶、二十四过小年”。

为什么同一省甚至同一个市，有人二十三过小年有人二十四过小年呢？

查一下百度百科，说是小年并非专指一个日子，由于各地风俗，被称为“小年”的日子也不尽相同。小年在各地有不同的概念和日期，北方地区是腊月二十三，南方地区是腊月二十四。民间还有一种说法，叫“官三民四船五”。

也就是说，官家的小年是腊月二十三，百姓家的是腊月二十四，而水上人家则是腊月二十五。这种说法倒让我释怀了：合肥是省城，做官的多，当然将二十三作为小年，我们家乡在县城底下的小镇，农村老百姓，只能在二十四过小年了。

说笑归说笑，但无论是二十三还是二十四过小年，“祭灶”都是必不可少的重要内容。大多地方过小年就是“祭灶日”，我们家乡分开为“二十三送灶、二十四过小年”，大概是对“祭灶”格外重视吧。

传说灶王爷在小年这天要上天汇报工作，三十才能回来。所以，人们都要在他老人家启程上天的时候祭拜一下，希望灶王爷“上天奏好事、下界保平安”。

丰子恺的《过年》一文就是这样说的：

腊月二十三日晚上送灶，灶君菩萨每年上天约一星期，廿三夜上去，大年夜回来。这菩萨据说是天神派下来监视人家的，每家一个。大约就像政府委任官吏一般，不过人数（神数）更多。

但也有地方二十四过小年时送灶，宋范成大的《祭灶诗》说：

古传腊月二十四，灶君朝天欲言事。云车风马小留连，家有杯盘丰典祀。猪头烂热双鱼鲜，豆沙甘松粉饵团。男儿酌献女儿避，酹酒烧钱灶君喜。婢子斗争君莫闻，猫犬角秽君莫嗔；送君醉饱登天门，杓长杓短勿复云，乞取利市归来分。

可见无论是二十三还是二十四祭灶，都是老百姓对灶王爷的敬重，也算是一种对神仙的贿赂吧！“酹酒烧钱”让他老人家高兴，“朝天言事”能报喜不报忧。

家乡过小年，现在祭祀灶神的迷信活动已经很少见。但一家人聚一聚吃顿饭是必需的，还要吃“送灶粑粑”。所谓“送灶粑粑”，就是用米面放在锅里炒，再加点水，然后反复揉搓，做成一个个圆形薄饼状，放入用猪肉、菜（青菜或咸菜）、豆干及姜蒜等切碎拌成的馅，包卷成饼，再放到油锅里煎炸。

陈忠实《过年：家乡圆梦的炮声》的文章中说的："到腊月二十三晚上，是祭灶神爷的日子，民间传说这天晚上灶神爷要回天上汇报人间温饱，家家都烙制一种五香味的小圆饼子，给灶神爷带上走漫漫的上天之路作干粮，巴结他'上天言好事，入地降吉祥'。这种纯白面烙的五香圆饼甭提有多香了！"

我家乡的"送灶粑粑"就类似这样的"小圆饼子"，但比他那单纯的"五香味"面饼好吃多了。送灶粑粑那外层煎得像锅巴的脆香、包着肉菜馅的鲜香，还有不同内馅中香干肉丝的五香味、雪里蕻辣椒的咸辣味、猪肉白菜的肉菜味，让人一次吃十几个也停不了口。

每年此时，家里都要做这种"送灶粑粑"，亲友之间还互相赠送。不会做的家庭，则去饭店购买。家乡县城不少饭店，这一天都会大做这种粑粑，街头巷尾处处有油煎"送灶粑粑"的香味飘逸。

"小年"就是用这粑粑的香气迎接"大年"的到来！

2019.1.28

青海湖之歌

说到青海湖,大概在人们的心目中,它就是一处风景优美的旅游景区。但在我心里的印象，就是一个诗人、一首歌曲和一座小城。

诗人是古人——六世达赖仓央嘉措，歌曲是近代人王洛宾的《在那遥远的地方》，小城是中国第一个研制核武器的原子城。

因为近几年仓央嘉措的诗比较流行，我也赶时髦地看过几首。比如那首一时火爆网络，甚至成为一种诗体、让人竞相模仿的《见与不见》：你见，或者不见我 / 我就在那里 / 不悲不喜 / 你念，或者不念我 / 情就在那里 / 不来不去 / 你爱，或者不爱我 / 爱就在那里 / 不增不减……还有那首《那一世》，诗之美、情之深，确实让人难忘。

而这位被称为“雪域最大的王，世间最美的情郎”，在被废后押解进京途中，行至青海湖时，不知所终。后人有说仓央嘉措押解时病逝于青海湖。也有传说是因为好心的解差将仓央嘉措私自释放，他最后成为青海湖边的一个普通牧人，诗酒风流过完余生。

不论怎么说，青海湖是仓央嘉措最后归宿的地方应该不假。就像一首诗文里所说的：青海湖畔，唐蕃古道，记忆着一个人的情与愁——仓央嘉措。三百年了，青海湖没有熄灭他的爱情。那一泓咸涩的晶莹，记忆了他末日的辉煌。

据说青海湖北岸的刚察县仙女湾，就是仓央嘉措神秘失踪的地方。当年他被押送途经这里时，被透明的湖光和大自然所吸引，他仿佛听到神在呼唤，便踏浪入海，在仙女奏琴吹唢、仙鹤结群飞舞下，从人间消失，升入仙境。如同他的诗所吟：我伸不出抚摸天空的双手，那么便让我足踏莲花，从哪里来，到哪里去，回归深海或者没入尘沙。我可以微笑着告诉佛祖，告诉你—我是凡尘最美的莲花。

传说只是传说，仓央嘉措是不是在这消失永远是个历史的谜案。但仙女湾确实是个美丽的地方。当我们来到这里，看这片位于青海湖边的湿地上，红的、黄的、紫的、白的等不同颜色的花朵，绽放在绿地上，宛然一幅五彩斑斓的锦绣织毯时， 也不由得相信那位浪漫的诗僧会选择在这里仙居。

而被誉为“中国西部歌王”王洛宾的那首“中国第一情歌”《在那遥远的地方》，相信二十世纪五六十年代出生的人大都熟悉和难忘：

在那遥远的地方 / 有位好姑娘 / 人们走过了她的帐房 / 都要回头留恋地张望……/ 我愿做一只小羊 / 坐在她身旁 / 我愿她拿着细细的皮鞭 / 不断轻轻打在我身上……

时间回到 1939 年的夏天，中国电影创始人之一的郑君里，率摄制组千里迢迢来到金银滩草原拍摄一部影片。当时，邀请了正在西宁教书的王洛宾参加。

摄制组开机时，郑君里请当地同曲乎千户的女儿萨耶卓玛扮演影片中的牧羊 女。而王洛宾则扮演萨耶卓玛的帮工。

拍摄到了黄昏时分，剧中的“牧羊女”卓玛和“帮工”王洛宾共同赶着羊群回到羊 圈，仔细地清点着羊只的数目。夕阳下的卓玛亭亭玉立，晚霞的余晖映照出卓玛的 侧影，王洛宾被这一切陶醉了。卓玛举起了手中的牧羊鞭，轻轻地打在了王洛宾的 身上，转身跑了。王洛宾呆立在原地，仔细回味着那一鞭的滋味。晚上在返回西宁 的驼峰上，王洛宾借助哈萨克民族的曲调写出了不朽之作《在那遥远的地方》。

如果说金银滩因为有王洛宾和他的歌曲平添了几分诗意的话，那只能如宋人评词所说的，只是像“十七八女郎，执红牙板，歌‘杨柳岸，晓风残月’”。其实在金银滩上另有一番激怀壮烈的大戏，那得“须关西大汉，铜琵琶，铁卓板，唱‘大江东去’” 了。这就是文前所说的吸引我来青海的“一座小城”——中国原子城。

原子城就在金银滩草原上，它是我国建设的第一个核武器研制基地。六十年代， 一批科技人员隐姓埋名来到这里，当时对外称国营 221 厂、青海矿区等。经过艰 苦努力，先后研制成功了中国的第一颗原子弹和第一颗氢弹。

现在这里原来用于核武器研发的厂区和房屋设备已大多废弃，也有部分厂区被用来作为爱国主义教育基地和旅游场所。走进这些科研、生产、试验的地方，看到简陋的房屋、地下设施、试验设备，不禁让人对当年为祖国强大艰苦奋战而付出青春，甚至生命的科学家、工程技术人员和军人生出无限的敬意。而看到当年那些激动人心的标语口号仍然完好地保留在那里，也让我怀念起曾经经历过的那些既激动人心又让人苦涩的岁月。

有人用“大美”来赞美青海湖。我想，那些为祖国献身而来到青海湖畔艰苦奋战数十年的人，才能当得上“大美”的赞誉。古人云：“若乃不忘经国之大美，流千载之英声”，这些为新中国不受外敌欺辱，自力更生、刻苦钻研，研制出成功核武器的科学家、工程技术人员和军人就是流传千载的英雄。

开车的小张告诉我一个真实的故事：一对河北的夫妻，当年分别接受组织安排，前往千里之外的青海湖畔221厂工作。因为严格的保密制度，两人都不能告诉对方去哪、干什么工作去了，只能互相说是组织安排的特殊任务。就这样，分别三年后的某一天，两人突然在县城一个市场巧遇。直到这时，夫妻俩才知道他们同在一个地方工作。但是仍然不能告诉对方各自是做什么具体工作，仍然不能相见相守。这样的夫妻以及当年数万名在这里工作的男男女女岂不都是“大美”吗？

这样的大美就是青海湖之歌！值得让人敬仰、让人永远难忘！

2018.7.1

一起到老

写过《上海滩》《万水千山总是情》等著名电影歌曲的“港乐教父”顾嘉辉，也曾经写过一首《同学群歌》，由老骥用粤语演唱。歌词内容为：

怀念各位同窗的学友
老师教导 请诸君都记取
既然当初 已是同学了
互相帮共扶持
说不尽 学友情
我的挚爱仍留在班里面
别多年盼相聚
愿我俩仍痴心一片
常念以往年轻的学友
痛苦快乐愿诸君心记取
既然今天 共聚怀缅

就应该永在群

共诉那段开心的过往

说不尽学友情

我只盼能复欢聚

别多年再相聚

愿各位在此天天相见

情越老就越珍惜旧友

各位说话微信中都听到

既然今天 共聚缅怀

就应该永留群

愿各位 青春不变

这首歌相信大多数人未听过，我是近日闲着无事，在QQ音乐上瞎找，偶然听到的。

为什么对这首歌来了兴致？那是因为几年前我们一个街上的老同学们相隔五十多年后聚到一起，把酒言欢，回首往事，大家兴奋不已。过后在微信上建了一个同学群，一时兴起，我写了一首群歌《一起到老》。可惜不会作曲，后来也就不了了之。

但我这所谓的歌词，实在是有点滥竽充数。因为歌词不仅要表达情感，更要具有流行性和传唱性的特点，具有高度提炼、丰富意象、表达含蓄的语言特征。另外歌词的句式结构和段落结构都有它独特的特点，并要与谱曲相衔接。而我对谱曲则一窍不通，甚至至今都看不懂五线谱。所以我写的这首歌词只能算是顺口溜的白话诗。

一起到老

守一座青山
我们一起到老
淌一条河流
我们一起到老
住一个古镇
我们一起到老
童年牵手
我们去街巷嬉闹
同窗相望
我们听山上松涛
青春作伴
我们去农村辛劳
告别故乡
我们去工厂、部队、学校……
一路走去
八千里路云和月，万水千山走到；
一路走来
历尽沧桑终不悔，回首看青山夕照。
芳华虽逝
青春不老
老友作伴
岁月静好。
一起到老
一起到老

夏至到

今日夏至。据说今天夏至时间 4 时 51 分是 228 年来最早的。所以这个夏至值得说两句。

从气候变化上说，夏至这天白昼最长 ，过了夏至，北半球各地的白昼开始逐渐变短。民间有“吃过夏至面，一天短一线”的说法。唐代诗人韦应物的《夏至避暑北池》诗云“昼晷已云极，宵漏自此长”，就是这个意思。

要说今天昼长夜短，最明显的是在东北的漠河北极村，夏至这日是极昼，夜晚不到两三个小时。十多年前也就是 2011 年的今天，我住在北极村。夜晚十二点时人们还在广场上狂欢，一边听鄂伦春人的歌声、看俄罗斯人的热舞，一边观赏太阳北升北落，晚霞与朝霞相连的奇观。同时还期待能看到难得一见的北极光。

夏至的物候现象，一候鹿角解，意思是鹿的角朝前生，所以属阳，夏至日阴气生而阳气始衰，阳性的鹿角便开始脱落。二候蜱始鸣，意思是雄性的知了在夏至后因感阴气之生便鼓翼而鸣。三候半夏生，意思是半夏这种药草，在仲夏的沼泽地或水田中开始出生了。

对于“鹿角解”，当然只是听书上说的，自己看不到。至于“蝉始鸣”，不清楚是不是蝉叫就从这一天开始，白居易曾道：“微月初三夜，新蝉第一声。”他说的是六月初三，也不知当年的夏至是不是六月初三。但今天夏至是农历的五月十六。“半夏生”，倒是有体会。半夏是草，夏日田野杂草丛生，半夏自不例外。记得当年下放农村，每到这时，田间除草就是农活中的重头戏。家乡农村给稻秧田里除草不叫耘草、锄草，而称为“薅（hāo）草”。薅草在农活中算是较轻松的。记得当年生产队里社员们在薅草时谈笑风生，经常有人引吭高歌，唱些民歌民谣，有的人唱得也确实好听。只可惜当时没有手机或录音机将他们唱的录下来。否则家乡也可能出几个乡村歌手甚至歌唱家。

顾名思义，夏至就是夏天到了。所谓“夏至至，火发生；天如铁，地摧成。”炎炎夏日从今天就正式登场。宋史浩有《永遇乐·夏至》词：符篆玉搔头，艾虎青丝鬟。一曲清歌倒酒莲，尚有香蒲晕。角簟碧纱厨，挥扇消烦闷。唯有先生心地凉，不怕炎曦近。

如今的夏天，已不须挥扇消烦闷，有空调吹冷气，自然不怕炎暑。当然，外出时还要做好防暑降温工作，保持心平气和，不急不躁。所谓心静自然凉。

愈觉姣妍是岚山

作家舒国治说，他常去京都，是为了“作湖山一日主人，历唐宋百年过客”，是为了竹篱茅舍、村家稻田、小桥流水。而我来京都则主要是登岚山拜谒周恩来总理的诗碑。

岚山是京都著名风景区，有“京都第一名胜”之称。二十世纪七十年代末，为纪念中日两国缔结和平友好条约，由日本有识之士和日中友好团体自发集资，在这里立下周总理游岚山的诗碑。石质诗碑镌刻着由廖承志书写的周恩来在 1919 年 4 月 5 日游岚山时写下的《雨中岚山——日本京都》。诗的内容是：

雨中二次游岚山，两岸苍松，夹着几株樱。到尽处突见一山高，流出泉水绿如许，绕石照人。潇潇雨雾蒙浓，一线阳光穿云出，愈见姣妍。人间的万象真理，愈求愈模糊，——模糊中偶然见着一点光明：真愈觉姣妍。

这首诗的写作背景是1917年9月，19岁的周恩来为探索救国救民的道路东渡日本，两年后，在1919年五四运动前夕，他决定“返国图他兴”。行前曾途经岚山，写就《雨中岚山》和《雨后岚山》两首诗作，诗中蕴藏着青年周恩来立志救国、献身革命的远大政治抱负。

这块碑文，是当年78岁的高城芳三郎和62岁的植村正二两位日本老石匠的杰作。高城芳三郎曾刻过著名的“日中不再战”的石碑，他和植村正二精益求精，一人一天只刻两个字，刀刀精雕都留下了对周总理的崇敬之情和日中人民的厚谊。

在诗碑左侧，立着一座副碑，上面用日文记载着建立这座诗碑的缘由：“为了纪念一九七八年十月缔结日中和平友好条约，并且为了表达京都人世世代代友好的心愿，在这渊源深远之地，建立伟大的人物周恩来总理的诗碑。”

树立周总理诗碑的地方风景秀丽，下山不远处有座渡月桥，是岚山的标志，已有四百多年历史。附近有周总理种植的纪念树。渡月桥这个名字，据说是起源于一句“似满月过桥般”的诗作而得名，因为古时赏月时可以看到月亮从桥上升起。

山上不远处有嵯峨野竹林小径，长约500米，参天而立的竹林夹着一条小径，置身小径仰头望去，蓝天变成名副其实的一线天，阳光透过竹林洒在地面，斑驳陆离。若遇风起，则竹影摇曳，光影点点，如梦似幻。而风吹这里的竹叶发出的声响，如天籁之音，被评为日本最值得保留的声音之一。

竹林前有世界文化遗产天龙寺，但我们那天下午四点多才到那，已经不让进了。

在与《雨中岚山》诗碑一河之隔的大悲阁千光寺内，2022 年 4 月，又建立了周恩来总理另一篇游岚山的诗篇《雨后岚山》的诗碑。但我们当天来不及前往那里观看。我在手机中查看了《雨后岚山》诗的内容。这首诗描绘了雨后岚山暮色苍茫中的动人春色，也表达了周恩来总理希望运用所见所学投身革命事业的抱负。

两座诗碑的建立，体现了周恩来总理在日本各阶层人民中受到的广泛尊敬和爱戴，同时它也是中日两国人民友好的象征。

无数游客有无数理由来游京都，或者是跟着诺贝尔文学奖得主川端康成的足迹来京都赏樱，或者是带着三岛由纪夫的《金阁寺》书来京都探访寺庙，或者是吟着晁衡的诗文来京都寻找大唐遗韵，又或就是像乔布斯那样，专门来京都吃荞麦面和寿司等美食……但我此行京都，就是为了寻找最敬爱的周总理当年访问京都的足迹，就是在周总理诗碑前诵读一遍《雨中岚山》的诗文。